KB093221

유진과 데이브

서수진

유진과 데이브

서수진

소설

PIN

040

차례

PIN
040

유진과 데이브

서수진

2013년 11월, 시드니의 여름

데이브가 유진을 가족 식사에 초대했을 때 둘은 데이브가 만든 스파게티를 먹고 있었다. 으깬 토마토에 다진 소고기와 양파, 파프리카를 넣어서 만든 소스를 덮고 치즈를 잔뜩 올린 스파게티는 유진이 가장 좋아하는 음식이었다. 유진은 입에 넣은 스파게티를 우물거리면서 한동안 아무 말도 하지 않았다.

"그게 무슨 뜻이야?"

유진은 포크를 식탁에 내려놓고 데이브를 바라보았다. 모래색의 곱슬머리. 깊이 들어간 파란 눈. 끝이 뭉툭한 반듯하고 높은 코. 이제는 사뭇 익숙해진 얼굴의 뒤편으로 늦은 오후의 햇살이 들어오고 있었다.

"무슨 뜻이냐니. 가족들한테 널 소개하고 싶어서 그러지."

데이브는 유진의 눈을 피하지 않았다.

"우리 가족을 보기 싫은 거야?"

"아니, 그게 아니라……."

유진은 고개를 숙이고 포크의 손잡이 부분을 매만졌다. 둘은 겨우 두 달 만났다. 가족을 소개받기에는 너무 이르지 않은가, 생각했지만 그렇게 말하면 데이브는 유진이 그의 가족을 만나고 싶지 않다는 뜻으로 이해할 게 분명했다. 유진은 그게 아니라고 잘 설명하고 싶었다.

한국에서는 연인의 부모를 상견례에서 처음 볼 때가 많아. 그래서 부모를 만나는 것을 결혼과 연관해 생각할 때가 많고. 내게도 네 부모를 만난다는 게 의미가 커서 망설여지는 거야.

이렇게 말하면 결혼을 바라는 것처럼 들릴 것 같았다. 그런 의도는 아닌데. 오히려 반대인데. 그렇다고 완전히 반대는 또 아니고. 반대도, 반대가

아닌 것도 아닌 마음을 어떻게 전해야 할지 몰라
유진은 입술을 자근자근 씹기만 했다.

"안 봐도 돼. 괜찮아."

"보통 그렇게 해?"

데이브는 대답 없이 유진의 얼굴을 물끄러미 바라보았다.

"보통 여자 친구를 가족한테 소개해? 호주에서는?"

"음, 대부분?"

"두 달 만에?"

"그 전에 소개하기도 하는데?"

유진은 잠시 고민하다가 고개를 끄덕였다.

"그래, 그럼 갈게."

유진은 다시 포크를 들어 스파게티를 먹으면서
가족 모임에 가기 전에 알아야 할 게 있느냐고 물었다.

"글쎄……."

"내가 뭘 조심해야 해?"

"조심할 거 없어."

"네 어머니 아버지를 만나는 거잖아."

"친구들 만나는 거랑 똑같아."

유진이 대답을 요구하는 눈빛으로 바라보자 데이브가 천천히 입을 열었다.

"나는 진짜 상관없는데…… 가족이랑 먹을 때는 소리를 내지 않는 게 좋을 것 같아. 우리 부모님은 식사 예절에 조금 엄격한 편이시거든."

"나 먹을 때 소리 내?"

"보통은 안 그러는데…… 면을 먹을 때?"

"세상에, 데이브. 면을 먹을 때 어떻게 소리를 안 내? 너는 소리 안 내고 면을 먹을 수 있어?"

데이브는 포크로 스파게티 면을 말아 한입에 넣은 후, 입을 다물고 씹었다. 소리가 하나도 나지 않았다. 누가 음 소거를 해놓은 것처럼.

"몰랐어."

유진은 당황했다.

이제까지 자신 있게 호로록호로록 소리를 내면서 면을 먹었는데. 한국에서는 그런 소리를 실감 나게 따서 라면 광고도 만드는데. 그 광고를 보면 호주 사람들은 밥맛 떨어진다고 고개를 내젓는다는 거야?

유진은 데이브를 따라 포크로 스파게티 면을 둘둘 말아 한입에 넣었다. 데이브가 웃음을 터뜨렸다.

"볼이 터지겠다. 양을 적게 해서 말아봐."

데이브가 포크로 스파게티 면을 말아서 들어 보였다. 한 입 거리도 안 될 만큼이었다. 그걸 누구 코에 붙이냐는 말을 영어로 어떻게 하면 좋을지 유진이 고민하는 동안 데이브가 말을 이었다.

"음식을 먹을 때 입을 크게 벌려서는 안 된다고 배웠어. 그러니까 이렇게 조금씩 먹으라고. 볼에 가득 차도록 음식을 넣는 건 예의에 어긋난다고 했거든. 우리 부모님이 영국 사람이라 더 엄격하실 수도 있어."

유진은 데이브가 영국의 작은 섬에서 태어났다는 것을 이미 들어서 알고 있었다. 바람이 거세고 비가 많이 오는 작은 섬이었다고 했다. 데이브가 사진으로 보여주었던 창문이 작은 벽돌집에서 데이브의 가족이 테이블에 둘러앉아 정적 가운데 식사하는 장면을 상상해보았다. 오븐에 구운 감자를 손톱만큼 썰어서 입에 넣고 오물거리는 가족들.

비바람이 작은 창문을 때리는 소리만 요란한 저녁 식사.

"그리고 우리는 섞어 먹지 않아."

데이브는 소스와 면을 뒤섞은 유진의 접시를 가리키며 웃어 보였다. 그의 접시에는 소스가 스파게티 면 위에 처음 모습 그대로 얹혀 있었다. 언제나 그랬듯이.

"그건 내가 더 잘 알아."

"그래, 그건 네가 더 잘 알지."

데이브가 빙긋이 웃으며 유진을 애정 어린 눈길로 바라보았다.

*

유진은 데이브를 만나기 전까지 음식을 섞어서 먹는 일이 이야깃거리가 될 거라고는 상상도 하지 못했다. 스테이크와 감자튀김을 섞어 먹지는 않았지만, 스파게티 면과 소스는 섞어 먹었다. 생선구이를 밥에다 비벼 먹지는 않았지만, 비빔밥이나 비빔냉면은 당연히 비벼 먹었다. 그래서 데이브와 처음 한식당에 가서 그가 비빔밥을 섞지 않고 먹는 것을 보았을 때 한국 음식을 먹을 줄 모른다고 생각하고 그의 비빔밥을 슥슥 섞어주었었다.

데이브는 그때 아무 말도 하지 않았지만, 둘이 다시 한식당을 찾았을 때는 비빔밥을 시키며 섞어 먹지 않겠다고 말했다. 유진은 비빔밥이라는 이름의 뜻을 설명하면서 비빔밥을 비벼 먹지 않는 한국인은 없다고 말해줬다.

"이건 스테이크를 나이프로 썰어 먹어야 하는 것과 똑같은 거야. 내가 스테이크를 손으로 집어 먹으면 너는 놀라면서 그렇게 먹는 게 아니라고 할 거잖아."

데이브는 심각한 얼굴로 유진의 이야기를 들었다.

"놀라긴 하겠지만 그렇게 먹는 게 아니라고는 말하지 않을 거야. 네가 먼저 스테이크를 어떻게 먹는 건지 물어보지 않는 이상."

"내가 손으로 먹게 둔다고?"

"네가 그렇게 먹는 게 좋다면."

스테이크는 어떻게 먹어도 스테이크니까 그렇

다 쳐도 비빔밥은 섞어 먹는 게 훨씬 맛있다고 유진이 데이브를 설득하는 동안 비빔밥 두 그릇이 나왔다.

데이브는 선언하듯이 한 손을 들고 말했다.

"네가 무슨 뜻으로 하는 말인지는 알겠는데 나는 비빔밥을 섞어 먹지 않을 거야. 시도해보지 않은 것도 아니잖아? 저번에 네가 섞은 것도 먹어봤으니까. 나는 모든 재료의 맛을 따로 음미하면서 먹는 게 훨씬 좋아."

데이브는 유진에게도 섞지 않고 먹어보라며 권했지만, 유진은 그럴 생각이 없었다. 고사리와 버섯을 따로 집어 먹을 거면 왜 비빔밥을 시켰겠냐고 쏘아붙이고 싶었지만 같은 대화를 반복할 게 뻔해 하지 않았다.

유진은 데이브가 달걀을 젓가락으로 잘라 먹는 것을 보면서 자신의 그릇에 고추장을 듬뿍 넣고는 전투적으로 비볐다. 밥 전체가 빨갛게 잘 섞였을 때 한 숟가락을 크게 뜨려다가 멈칫했다. 그리고 온갖 음식이 형태를 알아볼 수 없게 뒤섞여버린 것을 한참 동안 바라보았다.

*

데이브의 가족은 카바리타에 살았다. 바다에서 시드니 도심을 거쳐 서쪽으로 뻗어 들어간 강이 닿는 곳이었다. 유진이 사는 달링하버에서는 페리를 타고 가야 했다. 버스를 몇 번 갈아타고도 갈 수 있었지만 페리를 타는 편이 훨씬 나았다.

주말이라 한산한 페리를 타고 유진은 강가의 부촌을 구경했다. 1층부터 3층까지 모두 통창으로 안이 훤히 보이는 저택 앞에는 하얀 요트가 묶여 있었다.

유진은 카바리타가 부촌이라는 것을 알았고, 자신이 가지고 있는 옷 중 가장 비싼 원피스를 꺼내 입었다. 좋은 옷이 좋은 곳으로 데려다준다는 말을 떠올리며 호주에 온 첫 주에 산 옷이었다. 유진의 팔다리는 몸에 비해 길고 지나치게 마른 데다 조금씩 휘어 있었다. 그런 콤플렉스를 잘 감추어주는 롱드레스였다. 몸통 부분은 타이트했는데 소매가 크고 치마 부분도 넉넉하게 퍼져 있었다.

살구색 원피스의 치맛자락이 강바람에 부드럽

게 흩날리는 것을 느끼며 유진은 좋은 날이 될 거라고 중얼거렸다.

부모님의 집에는 데이브의 여동생과 그녀의 여자 친구도 와 있었다. 부모님만 보는 줄 알았던 유진은 당황했지만 티 낼 사이도 없이 그들의 품에 안겼다. 데이브의 가족은 한 명씩 돌아가며 유진을 끌어안고 볼에 입을 맞췄다. 유진은 양손에 쇼핑백을 들고 있어 가만히 서 있기만 했다.

그들은 하얀색 2층 주택 앞 잔디밭에 서 있었다. 잘 정돈된 정원을 배경으로 빙 둘러선 가족들은 모두 데이브처럼 눈이 파랬다. 특히 여동생은 데이브의 것을 잘라다 붙인 것처럼 똑같은 모래색의 곱슬머리를 하고 있었다.

유진은 누구에게라고 할 것 없이 쇼핑백 두 개를 앞으로 내밀었다. 하나는 부모님께 선물하는 와인이었고, 다른 하나는 전날 장을 봐서 만든 불고기와 김밥이었다.

데이브가 부탁한 건 아니었다. 어렴풋이 미국 드라마에서 본 장면이 생각났다. 식사 초대받은 집에 요리를 하나씩 챙겨 가 나눠 먹는 장면이 떠올랐고, '서양인들이 좋아하는 한식'으로 구글에서 검색하니 불고기와 김밥이라고 나와서 두 가지를 준비했을 뿐이었다.

데이브의 아버지가 쇼핑백을 받아서 풀어보고는 고맙다며 유진을 다시 끌어안고 볼에 입을 맞췄다. 이번에는 양팔이 자유로워서 유진도 엉거주춤 손을 올렸다. 데이브의 어머니는 불고기와 김밥을 건네받으며 그게 뭔지 물었고, 유진이 한국 음식이라고 하자 다들 한식당에 다녀온 경험을 한참 늘어놓았다.

강한 해를 받으며 눈을 찡그리고 서 있던 유진이 불고기를 냉장고에 넣는 게 좋겠다고 말했을 때에야 데이브의 가족들은 집 안으로 들어가기 위해 몸을 돌렸다.

"그러지 않아도 돼."

유진이 현관에서 신발을 벗으려는데 데이브가 웃기 띤 목소리로 말했다.

"아, 그런데 힐을 신어서 불편하겠네. 그럼 벗어."

유진은 현관에 서서 거실로 옮겨 가는 데이브의 가족들을 바라보았다.

아버지와 여동생, 여동생의 여자 친구는 플립플롭을, 어머니는 굽이 없는 샌들을 신고 있었다. 유진의 시선은 자연스레 위로 올라갔다. 아버지는 소매를 접어 올린 체크무늬 셔츠에 청바지를 입고 있었고, 어머니는 올이 성긴 얇은 니트에 하얀색 리넨 바지를 입고 있었다. 여동생은 데이브처럼 헐렁한 반팔 티셔츠에 반바지를 입고 있었고, 여자 친구는 민소매 티셔츠에 청바지를 입고 있었다.

유진은 자신의 원피스와 구두가 무척 튄다는 것을 알아차렸다.

"나만 너무 차려입었잖아."

유진이 속삭이자 데이브는 큰 소리로 웃으며 유진의 머리에 입을 맞추었다.

"아냐, 예뻐. 호주 사람들이 패션 감각이 전혀 없는 것뿐이야."

유진은 힐을 신은 채로 데이브를 따라 거실로 들어갔다. 데이브의 가족들은 열 명은 족히 둘러

앉을 수 있을 법한 하얀색 소파에 띄엄띄엄 앉아
있었다. 소파 아래에는 젖소의 털가죽으로 보이는
커다란 러그가 깔려 있었고, 벽에는 데이브의 키
를 거뜬히 넘을 듯한 큰 사이즈의 그림 액자가 걸
려 있었다.

언뜻 보면 부드러운 색을 빠르게 칠한 인상주의
그림 같지만, 자세히 보면 세밀하게 완성한 후에
뭉갠 그림이라는 것을 알 수 있었다. 유진이 미술
을 전공하던 시절 몰두했던 작업과 비슷했다.

유진은 눈을 가늘게 뜨고 뭉개기 전의 그림을
찾아내려 했다.

해가 지는 시간, 바닷가의 집, 커다란 창문으로
들여다보이는 두 명의 사람. 거리를 두고 서 있는
그들의 표정을 살피려 유진은 눈을 더 가늘게 떴
다.

데이브의 아버지가 유진에게 뭘 마시겠냐고 물
었다.

"웬만한 술은 다 있어."

데이브가 보탰다. 유진은 놀라울 만큼 닮은 아

버지와 아들을 번갈아 보면서 괜찮다고 했다. 처음 본 연인의 아버지에게 술 한 잔 가져다달라고 말하는 게 껄끄럽게 느껴졌다.

"맥주 한잔 마셔. 주말에 오랜만에 쉬는 거잖아."

데이브는 유진에게 그렇게 말하고는 가족들에게 몸을 돌렸다.

"유진이 오늘 여기 오려고 일을 뺐거든."

데이브의 말에 아버지와 어머니는 눈을 크게 뜨고는 미안하다고 했다.

"알았으면 오프데이로 잡았을 텐데……."

"아니에요, 괜찮아요."

유진은 손사래를 쳐가며 몇 번이고 괜찮다고 했다. 그러고는 데이브의 가족들이 주말에 일하는 직업이 뭘지 머릿속에서 그리고 있을 거라는 생각이 들어 얼른 카페에서 일한다고 말했다.

"호주에 와서 여러 가지 일을 경험하고 싶어서요."

누구도 묻지 않았지만, 유진은 서른한 살에 카페에서 일하는 이유를 설명해야 할 것만 같았다.

"세 시면 카페가 문을 닫으니까 일 끝나고 그림을 그릴 시간도 충분하고요."

유진은 호주로 오기 전에 계획했던 것과는 달리 그림을 전혀 그리고 있지 않으면서도 그렇게 말했다. 자연스럽게 화제는 유진의 전공인 미술로 옮겨 갔다.

데이브의 아버지는 유진에게 맥주를 한 잔 가져다주었고, 유진은 소파에서 일어나 잔을 받으며 고개를 숙였다. 유진이 두 손으로 맥주잔을 가만히 잡고 있자 데이브가 내려놓으라면서 옆 테이블을 가리켰다.

유진은 그제야 자신의 옆에 있는 테이블을 발견했다. 유리 테이블 위에 꽃병과 작은 흑백사진 액자가 여럿 놓여 있었다. 유진은 맥주잔을 내려놓으면서 몸을 굽혀 흑백사진을 자세히 들여다보았다. 굉장히 오래된 사진 같았다.

유진이 액자를 보는 것을 알아챘는지 데이브의 아버지가 다가와 사진을 하나씩 가리키며 설명을 했다. 검은 양복을 입은 남자와 하얀 원피스를 입은 여자의 사진은 데이브 외증조부의 결혼사진이고, 군복을 입은 젊은 남자의 옆모습은 데이브의 할아버지가 1차 세계대전에 파병될 당시에 찍은 사진이라고 했다.

"참전하고 싶어서 나이를 속였대요. 믿어져요?"

데이브의 어머니가 대화에 끼어들었다.

"그래서 열일곱 살에 프랑스로 간 거예요. 가스에 눈이 멀어서 본국으로 돌아왔는데 다행히 시력을 되찾았고요. 그리고 또 2차 세계대전에 이번엔 장교로 참전하고서 말년에 완전히 시력을 잃었죠."

세계대전에 관한 이야기가 한창인 와중에 데이브의 아버지는 각종 치즈와 과일, 햄, 비스킷이 가득 담긴 쟁반을 들고 와서 유진의 옆 테이블에 내려놓았다. 데이브의 가족들은 자연스레 유진을 중심으로 모이게 되었다. 절반은 서서, 절반은 앉아서 비스킷을 손에 들고 대화를 나누었다.

미국 드라마에서 홈 파티를 할 때 여기저기 서서 과자 따위를 저녁으로 먹는 장면을 기억하고 유진은 부지런히 손에 잡히는 대로 입으로 가져갔다. 신축성 없는 원피스를 입으려고 점심을 걸러서 배가 고팠다. 그 와중에도 데이브가 조언한 대로 입을 크게 벌리지 않기 위해 비스킷과 치즈, 햄, 과일을 따로따로 집어 먹다 보니 아무리 먹어도 먹은 것 같지가 않았다.

"어때? 배고프니?"

데이브의 어머니가 물었을 때 유진은 자신이 너무 게걸스럽게 먹었나 싶어서 멈칫했다. 그러나 어머니의 시선은 다른 사람들을 향해 있었고, 다들 고개를 끄덕였다.

"그럼 이제 저녁을 준비할까?"

데이브의 어머니는 활기차게 일어나 주방으로 사라졌고, 아버지 역시 역할이 있다며 따라 일어섰다. 유진은 자신이 절반을 해치운 쟁반을 바라보면서 이건 뭐였냐고 데이브에게 속삭였다.

"비스킷 이름을 묻는 거야?"

데이브가 천진한 얼굴로 되물었고, 유진은 입을 다물었다. 원피스는 이미 부른 배를 꽉 조이고 있었다.

*

    대리석 아일랜드 식탁에 음식이 잔뜩 차려져 있었다. 구운 버섯과 가지, 양파, 단호박이 은색 쟁반에 담겨 있었고, 병아리콩샐러드와 시저샐러드가 각기 다른 볼에 담겨 있었다. 유진이 가져온 불고기와 김밥도 금테를 두른 접시에 놓여 있었다.

    그중에서도 유진의 시선을 잡아끈 건 나무 도마에 올려진 사람 머리만 한 고깃덩어리였다. 윤기 나는 갈색 고기는 노끈으로 칭칭 묶여 있었고, 나무 도마는 고기에서 흘러나온 기름으로 짙게 물들어 있었다.

    데이브의 가족들은 다른 요리와 함께 불고기와 김밥도 접시에 덜어서 자리에 앉았다. 모두의 접시에 불고기와 김밥이 자리한 것을 보니 유진은 뿌듯해져서 슬며시 미소를 지었다.

    데이브의 어머니가 김밥에 간장을 뿌리고는 옆에 앉은 아버지에게 전달했다. 간장이 손에서 손으로 전해지고, 간장이 뿌려진 김밥은 나이프로 두 동강이 났다. 다들 김밥이 맛있다면서 칭찬을

아끼지 않았다. 그렇게 유진에게까지 간장이 전달되었고, 유진은 잠시 망설이다가 간장을 김밥에 뿌렸다. 나이프로 간장 뿌린 김밥을 썰어서 단무지와 햄, 맛살과 밥알 조금을 포크로 찍어 입에 넣었다. 간장 맛밖에 나지 않았다.

"불고기가 정말 맛있네요. 고마워요."

데이브의 아버지는 가까이에 한식당이 생겼다면서 다음에 같이 가자고 했다.

"한국이 그립지 않아요?"

"말씀하신 것처럼 호주에 한식당도 많고 한국 식품점도 많아서 괜찮아요."

"그래도 가족하고 떨어져 지내니 힘들지요?"

"자주 통화해서 괜찮아요."

"요즘 유진의 어머니가 걱정이 많아서 전화를 자주 하셔."

데이브가 끼어들었다.

"브리즈번 살인사건이 한국에서도 크게 보도가 됐더라고."

다들 뉴스를 봤다면서 유진을 향해 안타까워하는 표정을 지었다. 유진은 괜찮다고 대답하려 했으나 무엇이 괜찮은 건지 알 수 없어서 망설였다.

일주일 전, 유진은 카페에서 같이 일하는 한인 친구로부터 그 사건에 대해 들었다. 새벽, 브리즈번 도심에서 한국 여자가 살해당했다는 거였다. 공원에서 발견된 시신은 피에 잠겨 있었다고 표현할 수 있을 정도로 피투성이였다고 했다.

유진의 엄마가 전화해온 건 그로부터 이틀이 지나 용의자가 잡힌 이후였다. 용의자는 살해당한 여자와는 아무런 관계도 없는 열아홉 살의 백인 남자였고 성폭행이나 강도의 흔적은 없었다고 했다.

유진의 엄마는 호주에 인종혐오범죄가 잦은 것 같다면서 당장 한국으로 돌아오라고 했다. 그때 유진은 망설이지 않고 괜찮다고 대꾸했다.

"나는 한인타운에 살아서 인종차별 못 느껴."

유진은 한인타운에 살지 않았지만 우선 엄마를 진정시키고 싶었다. 실제로 인종차별을 경험한 적이 없기도 했다. 시드니에는 온갖 인종이 살았고, 도심을 걸어 다니다 보면 언뜻 보아도 유색인종이 절반을 넘었다. 이러한 이야기들에도 유진의 엄마는 계속해서 한국에 돌아오라고만 했다.

　데이브의 어머니가 유진의 손에 자신의 손을 얹고 "Sorry, darling"이라고 했다. 유진은 그녀가 사과한다고 생각해서 고개를 저었다.

　"미안하다고 하지 마세요."

　유진의 의도와는 달리 말이 퉁명스럽게 나왔다. 자신의 귀에도 화난 목소리처럼 들릴 정도였다. 그 때문인지 분위기가 가라앉았고, 어색한 침묵이 이어졌다.

　유진은 목소리를 차분히 가라앉히고 말을 시작했다.

　"저희 어머니는 실제 호주를 모르시니까요. 외신 뉴스를 들으면 그게 그 사회의 전부인 것처럼 느껴지잖아요. 인종차별이 심할 거라 걱정을 하시길래 저는 느끼지 못하고 산다고 말씀드렸어요. 호주에서 느낀 인종차별은 길에서 '니하오'라는 소리를 들은 게 다예요."

　유진은 말을 마치고 나서야 마지막 문장은 덧붙이지 않았어야 했다고 생각했다.

"요즘도 그런 말을 하는 사람이 있어요?"

데이브의 여동생 로렌이 물었고, 그녀의 여자 친구 줄리엣이 유진 대신 그런 것 같다고 대답했다.

"제 친구가 한번 그런 할머니를 만났거든요? 걔가 친구들이랑 버스 정류장에서 중국어로 얘기하고 있는데 어떤 할머니가 대뜸 너희 나라로 돌아가라고 했대요. 그래서 제 친구가 어떻게 대꾸한 줄 알아요?"

줄리엣이 빙긋이 웃으면서 사람들을 둘러보았다.

"우리가 어떻게 왔는데 그냥 돌아가요? 두고 보세요. 당신 자식들하고 손주들까지 싹 다 우리 밑에서 일하게 될 테니까. 그렇게 말했더니 할머니가 귀신 본 것 같은 얼굴을 하더래요."

그 말에 모두 웃음을 터뜨렸다.

로렌은 오토바이 사고로 병원에 입원했을 때 이야기를 했다. 그녀가 만난 의사가 모두 아시아인이었는데 공교롭게도 병실의 환자는 모두 백인이었다면서 웃었다.

"내 담당의도 아시아인이야."

아버지의 말에 이어 하나둘씩 자신의 담당의의 예상 국적을 이야기했고, 결국 모두의 담당의가 아시아인이라는 결론에 이르렀다.

"20년 전만 해도 완전히 달랐는데."

어머니가 말했다. 데이브가 어렸을 때 학교 축구팀을 유럽인과 호주인으로 나누곤 했는데, 일곱 살의 데이브가 자신은 영국에서 태어났다며 유럽인 팀에 들어가야 한다고 우겼다고 했다.

"그때만 해도 이탈리아나 그리스에서 온 유럽인 이민자가 많았거든."

"뭐, 우리도 유럽인 이민자잖아."

데이브가 어깨를 으쓱했다.

"지금 이 식탁에서 호주에서 태어난 사람?"

데이브의 질문에 줄리엣이 손을 들었다.

"저는 태즈메이니아섬에서 태어났어요. 그런데 부모님은 두 분 다 아일랜드 분이니까 이민자 2세대로 봐야겠죠?"

"그렇게 따지면 호주에 이민자가 아닌 사람이 어디 있어?"

"있지."

데이브의 어머니가 말했다. 그러고는 식탁에서 일어나 다이닝룸을 나갔다. 유진이 갑작스레 자리를 떠난 데이브의 어머니에게 숨겨진 사정이라도 있나, 생각하는 동안 남은 가족들은 아무렇지 않게 식사를 계속했다.

잠시 후 데이브의 어머니가 작은 책자를 손에 들고 나타났다.

"우리가 원주민을 어떻게 학살했는지 나와 있어요. 호주에 왔으니까 호주의 역사를 알아야지요. 꼭 읽어보세요."

데이브의 엄마는 '우리가 원주민을 학살했다'라고 말하며 유진에게 책자를 건넸다. 책자의 표지에는 얼굴이 검은 사람들이 일렬로 선 사진이 실려 있었다. 유진은 데이브의 부모가 정치에 관심이 많고 사회 활동에 적극적이라고는 들었지만 처음 온 이국의 손님에게 이런 책자를 건넬 정도로 열성적일 거라고는 예상하지 못했다.

잠시 유진은 호주의 가정에 처음 방문해서 받은 선물을 가만히 들여다보았다. 그리고 천천히 고개

를 들어 원주민 학살 책자를 손에 든 유진을 뚫어
지게 바라보는 중년 백인 여자의 파란 눈을 마주
보았다.

*

식사를 마치고 유진이 설거지를 하겠다고 일어
나자 모두가 말도 안 된다며 말렸다. 데이브의 어
머니는 남편이 제일 좋아하는 일이 설거지라며 기
쁨을 빼앗을 생각 하지 말라며 웃었다. 유진이 그
럼 옆에서 돕겠다고 하자 데이브의 아버지 역시
절대 안 된다고 못 박았다.

"유진이 우리를 못 믿어서 그래. 유진은 세제 거
품 안 헹구는 거 못 참거든."

데이브가 웃으며 말했다. 그리고 유진과 설거지
문제로 말다툼했던 이야기를 했다. 유진은 처음
본 가족들 앞에서 자신과 싸웠던 이야기를 늘어놓
는 데이브를 멍하니 바라보았다.

둘의 다툼을 유발한 데이브의 설거지 방식은 이

러했다.

싱크대 배수구를 마개로 덮은 후에 뜨거운 물을 가득 받는다. 세제를 잔뜩 풀어 거품을 낸다. 그 거품에 식기를 담갔다가 꺼내면서 수세미로 문지른다. 아직 세제 거품이 묻어 있는 식기를 그대로 건조대에 꽂는다. 같은 거품에 다른 식기도 담갔다가 꺼내서 문지르고 건조대에 꽂는다. 세제 거품이 묻은 채로 건조대에 꽂혀 있는 식기들을 티 타월로 닦아서 찬장에 넣는다.

기겁한 유진이 왜 헹구지 않느냐고 소리치자 데이브는 cleaner를 왜 clean하냐고 반문했다.

"그럼 너는 비누도 얼굴에 묻혀놓고 안 헹구겠네?"

"여드름 났을 때 그 위에 비누 묻히고 자면 다음 날이면 없어져?"

"그래서 진짜 비누 거품을 안 헹군다고?"

"아니, 미끈거리는 게 싫으니까 헹구긴 헹구지. 근데 그릇은 티 타월로 닦으면 안 미끈거려. 봐봐."

데이브는 방금 티 타월로 닦은 그릇을 내밀었다.

"여기 세제가 다 붙어 있는 거잖아. 세제가 몸에

얼마나 안 좋은데, 그걸 다 먹는다고?"

"뭐, 호주 사람 중에서도 세제 맛이 나는 게 싫다고 헹구는 사람을 보긴 봤어."

세제 맛이라니…… 더 할 말이 없어서 그만둔 싸움을 데이브가 가족들 앞에서 끄집어냈다.

"그러니까 유진이 설거지하게 돼. 안 그럼 몰래 주방에 숨어 들어가서 그릇들 다 꺼내서 헹굴지도 몰라."

데이브의 말에 가족들이 모두 웃었다.

"우리는 식기세척기 쓰니까 걱정 마요. 여기 헹군다고 쓰여 있어요."

데이브의 어머니가 장난기 어린 얼굴로 식기세척기를 가리키며 말했다.

"그게 아니라, 정말 도와드리려고 했던 거예요."

유진은 데이브를 발로 걷어차고 싶은 것을 참으며 웃어 보였다.

"그럼 한국에서는 세제 거품을 모두 헹궈요? 매번?"

데이브의 여동생이 눈을 빛내며 물었다. 유진은

당연히 그렇다고 대답하고는 데이브와 했던 말다툼을 반복하게 될까봐 입을 다물었다.

"설거지 얘기는 그만하고, 자, 이제 와인 마시러 나가자."

데이브의 아버지가 양손에 와인병을 들고 웃어 보였다.

"그런데 와인 잔은 식기세척기에 안 넣는데 어쩌지? 세제 거품을 안 헹군 것밖에 없는데."

가족들이 다시 웃었고, 유진도 억지로 입꼬리를 올려 보였다.

유진은 거실 소파에 앉아 다크초콜릿 맛이 나는 레드 와인을 홀짝이며 옆얼굴에 쏟아지는 해를 느꼈다. 통창 가득 석양이 펼쳐지고 있었다. 유진은 잠시 영화를 보는 것처럼 석양을 관람하다가 데이브 어머니의 질문에 황급히 고개를 돌렸다.

"유진 씨는 어떻게 생각해요?"

가족들은 새 정부의 난민 봉쇄정책에 관해 이야기를 나누는 중이었다. 데이브의 어머니는 유진의 의견을 궁금해했다. 외국인의 입장이 중요하다는 거였다.

　유진은 시내에서 토니 애벗 총리 반대 집회를 보고 충동적으로 무리에 껴서 "지옥에 가라, 토니 애벗!"이라고 외친 적이 있었다. 다른 사람들은 어떤 마음이었는지 모르겠지만 유진은 총리가 후보였을 때부터 'No boat'라는 정책을 내세웠다는 것보다 그 표어로 선거에서 이겼다는 것에 화가 났다.

　데이브의 가족은 그 총리를 지지하지 않는 것이 분명해 보였다. 그들은 원주민 학살의 역사처럼 난민 배척의 현실에 대해서도 말할 준비가 되어 있는 듯했다. 그러나 유진은 아무 말도 하지 않았다. 이상하게 마음이 뒤틀렸다. 통창으로 펼쳐지는 석양에 감동하지 않는 파란 눈의 사람들에게 자신의 분노를 나눠주고 싶지 않았다. 그들이 들으려 한다 해도, 자신이 침묵하는 것이 옳지 않다 하더라도.

　데이브의 가족들이 '이민자가 참여를 거부한 난민 봉쇄정책 토론회'에 열중해 있는 동안 유진은 다른 것을 신경 쓰고 있었다. 맞은편 소파에 앉은 줄리엣의 가슴이 절반 가까이 드러나 있었다. 그녀는 소파에 거의 드러누워 있었는데, 몸이 옆으로 기울어지면서 깊게 파인 민소매 티셔츠가 옆으로 흘러내렸다. 유두가 보이는 건 아니었지만 보인다고 해도 이상하지 않을 정도였다.

유진은 그녀에게 알려주고 싶어서 눈짓으로 신호를 주려다가 이내 그만두었다. 그 자리에 있는 누구도 훤히 드러난 그녀의 가슴을, 아니 그 전에, 연인의 부모님 집 소파에 누워 있는 그녀를 신경 쓰지 않는 것 같았다.

유진은 다 마신 와인 잔을 들고 주방으로 향했다. 잔을 개수대에 그냥 던져두기 뭐해서 물에 헹궈 식기세척기에 넣었는데 그것만 넣는 것도 얌체처럼 보일 것 같아서 잠시 고민하다 결국, 저녁에 먹은 그릇을 하나씩 헹궈 식기세척기에 꽂아 넣기 시작했다.

얼마 지나지 않아 데이브의 아버지가 들어와 "세상에!"라고 외쳤다. 흡사 유진이 불이라도 낸 것처럼.

아버지는 데이브를 불렀고, 주방에 들어온 데이

브는 바로 유진을 끌어냈다. 흡사 유진이 사고라
도 친 것처럼.

"손님이 이러는 건 너무 부담스러워."

데이브가 속삭였고, 유진은 끌려가면서 아랫입
술을 꽉 깨물었다.

*

그날 데이브는 와인을 꽤 마셨다. 집에 가기 위
해 일어났을 때는 이미 술기운에 얼굴이 붉어져
있었고, 조금 비틀거리기까지 했다. 로렌은 줄리
엣을 팔꿈치로 치면서 웃음을 터뜨렸다.

"오빠 눈 봐봐. 저렇게 술에만 취하면 눈이 빨개
진다니까."

로렌의 말대로 데이브의 눈은 빨갛게 충혈된 데
다 눈물까지 고여 있었다.

"누가 보면 우는 줄 알겠어. 진짜 울려는 거 아
니지?"

유진은 집을 나서면서 데이브에게 "나도 그랬

어"라고 말했다.

"뭘?"

"네가 우는 줄 알고 겁먹었다고."

데이브가 인상을 찌푸렸다.

"내가 가족들이랑 밥 먹다가 왜 울어?"

"아니, 오늘 말고. 너랑 처음 만났을 때."

유진의 말에 데이브가 큰 소리로 웃음을 터뜨렸다. 그래, 그때도 데이브는 그렇게 웃었다. 눈물이 가득 찬 빨간 눈을 하고서.

*

유진이 늦은 시간에 혼자 가던 아일랜드 펍이 있었다. 아치형 벽돌 벽으로 공간이 작게 나누어져 있었고, 낮은 조도의 조명이 동굴 같은 느낌을 주는 곳이었다.

그날도 바에 일렬로 놓인 고동색 나무 스툴에 앉아 혼자 맥주를 마시고 있는데 옆에서 쿵 하는 소리가 났다. 곱슬머리의 남자가 청록색 카펫이 깔린 바닥에 자빠져 있었다. 의자에서 떨어진 것 같았는데, 그게 웃겼는지 그는 몸을 반으로 접고는 웃었다.

호주에서는 몸을 못 가눌 정도로 술에 취하면 술집마다 상주하는 경비원이 바로 쫓아내기 때문에 유진은 그 남자가 곧 쫓겨나겠다 생각했다. 이내 경비원이 남자에게 다가가 나가달라고 했고, 그는 아무런 저항도 하지 않고 일어서서 출구로 나갔다. 유진은 남자가 문을 여는 것을 보고 시선을 거두었고, 더 이상 그에 대해 생각하지 않았다.

맥주 두 잔을 더 비우고 담배를 피우러 밖에 나갔을 때 유진은 보도블록에 구겨진 것처럼 앉아 있는 사람을 보았지만 그게 쫓겨난 남자일 거라고는 전혀 생각하지 못했다. 그 사람에게서 떨어져 담배를 피우는데 그가 몸을 일으키더니 슬금슬금 다가왔다. 겁이 난 유진이 한 모금을 깊이 빨고는 담뱃불을 끄고 들어가려는데 그가 "불 좀 빌려주세요" 하고 말을 걸었다.

유진은 라이터를 건네주면서 남자의 곱슬머리를 알아보았다. 모래색의 곱슬머리. 해사한 얼굴. 뭉툭한 코끝과 반듯한 콧대. 그리고 한참을 운 것

처럼 새빨갛게 충혈된 눈에는 눈물이 그렁그렁 고
여 있었다.

"담배도 한 개비만 팔래요? 2불 줄게요."

남자가 헤실헤실 웃었다. 눈가에 주름이 잡혔
다.

유진은 멀끔하게 잘생긴 얼굴을 한 남자가 눈물
이 맺힌 채 웃는 모습이 안쓰러워서 돈은 됐다고
말하며 담배 한 개비를 내주고, 자신도 한 개비를
더 물었다.

둘은 나란히 서서 담배를 피웠다. 거리는 어둡
고 고요했다. 가로등도 고장이 났는지 불이 들어
오지 않았다. 신호등 불빛만 깜빡였는데 몇 번의
신호가 바뀌는 동안 길을 건너는 사람이 없었다.

"담배 맛있네요. 어디 거예요?"

시드니의 한인 카페에서 직거래로 산 한국 담배
였다. 한국에서 유진이 계속 피우던 것이기도 하
고, 호주 담배가 너무 비싸기도 했다.

"오늘 얻어 피운 담배 중에 제일 맛있는 거 같아
요. 한 개비만 더 줄래요?"

남자는 눈이 빨간 것을 빼면 술에 취해서 쫓겨
난 사람 같지 않게 멀쩡해 보였다. 유진은 한 개비
를 더 건넸다.

　"술이 빨리 깨나 봐요. 아까 엄청 취했던 것 같
은데."

　"사실 아까 취했던 거 아니에요. 그냥 중심을 잃
고 넘어진 거예요. 안 취했다고 우겨봐야 더 심하
게 끌려 나갈 게 뻔하니까 그냥 나온 거지."

　그때 그들의 뒤에서 문이 열리고 사람들이 쏟아
져 나왔다. 그중 한 명이 지금 문을 연 술집을 아느
냐고 물었다. 유진이 그들의 등 뒤로 손을 뻗으며
쭉 걸어가라고 답했다. 유진이 가리킨 방향으로
왁자지껄한 무리가 사라지자 남자가 유진을 보고
빙그레 웃었다.

　"친절한 타입이네요?"

　"뭐, 아는 걸 모른다고 할 필요는 없잖아요."

　"그럼 나도 뭐 하나만 물어봐도 돼요?"

　남자가 여전히 빨간 눈을 반짝였다. 유진은 대
충 끄덕여 보였다.

　"답을 알면 말해줄게요."

"우선 배경 설명을 하자면, 얼마 전에 회사가 소송에 휘말렸어요. 빌더가 건축 마감일을 제대로 못 지켜서 초과한 기간에 해당하는 렌트비를 내야 했는데 그걸 못 내겠다고 소송을 건 거예요. 큰 건물이라 렌트비가 몇만 붙이거든요. 그게 제가 관리한 일이라 법정에 서서 증언을 하게 됐어요. 그래서 몇 달 전에 퀸즐랜드 법원에 다녀왔는데……."

유진은 남자의 말을 끊었다.

"저는 건축도 모르고, 법은 더더욱 몰라요. 법원에 가본 적도 없어요."

"아뇨, 그런 걸 물으려는 게 아니에요. 소송이야 회사에서 비싼 변호사를 고용했으니까 잘 지나가겠죠. 그냥 법정에 서면서 든 생각이 있어요. 법정에 서면 내가 무슨 일을 하는지 이야기해야 하거든요."

"무슨 일을 하는데요?"

"저는 건축 프로젝트 매니저예요. 클라이언트가 건축을 의뢰해오면 그에 따라 필요한 인력을 부르고 일정을 짜고 조율하고 뭐 그런 일이에요. 법정에서도 이렇게 말했어요. 그런데 그날 이후로 내가 하는 일을 들여다보게 되더라고요. 그리고 깜짝 놀랄 발견을 했어요. 나는 온종일 전화를 하거나 메일을 쓰고 있더라고요. 그게 내 일이었어요."

"그게 뭐가 어때서요?"

"아니, 프로젝트 매니저라면 대단한 거 같잖아요. 저 석사까지 했거든요. 그런데 내가 하는 일이 뭘 만들어내는 거지? 그런 생각이 한번 드니까 멈출 수가 없더라고요. 잘 생각해보세요. 클라이언트가 돈을 줘요. 빌더가 건물을 짓죠. 그리고 그 건물을 클라이언트가 받아요. 제가 여기서 하는 일은? 중간에서 전화를 돌리고 빌더가 받을 돈을 조금 떼 먹는 사람?"

남자는 심각한 표정으로 말을 이었다.

"전화통을 붙잡고 있으면 그런 생각이 들어요. 내가 지금 뭘 하는 거지? 대체 지금 뭘 하고 있는 거지? 이 짓을 벌써 5년이나 해왔는데 앞으로 50년을 더 해야 하는 건가? 내 손으로 만드는 것도 없고, 내 손에 쥐이는 것도 없는?"

"월급이 쥐이겠죠."

"맞아요, 그거예요. 그게 다예요. 이 일이 돈을 많이 주거든요. 얼마 전에는 시티에 아파트도 샀어요. 제 친구들 중에서 제일 일찍 산 거예요. 새 아파트에 친구들 다 불러서 파티도 크게 했어요. 가족들도 오고, 여자 친구도 오고. 지금은 전 여자 친구지만 아무튼. 걔가 의사였거든요. 예쁘고. 친구들이 그날 농담처럼 그랬어요, 넌 정말 다 가졌다고."

유진은 남자가 혼자 술을 마시다 쫓겨났고, 길바닥에 노숙자처럼 널브러져 울다가 처음 보는 여자에게 담배를 얻어 피우고 있다는 사실을 상기했다. 어느 모로 봐도 다 가진 사람처럼 보이지는 않았다. 그러나 유진은 다 가진 사람을 본 적이 없으니 그런 사람이 어떻게 보이는지 알 수 없었다.

"그래서 생각했어요. 아, 다 가져서 그런가 보다. 부족한 게 있으면 이런 쓸데없는 생각은 안 할 것 같더라고요. 내가 뭘 하고 있는 건지 물을 필요가 있겠어요? 무슨 일을 하고 있든 상관없이 닥치고 일하겠죠. 안 그래요?"

"그럴 때는요,"

유진은 드디어 남자의 질문이 나왔다고 생각하고 남자가 다시 끝없는 이야기를 시작하기 전에 말을 잘랐다.

"한국에서는 그럴 때 산에 들어가요. 산에 들어가 머리 깎고 폭포 물 맞으면서 앉아 있으면 답이 나온대요."

순간 남자의 얼굴이 환해지면서 자신도 해봤던 생각이라고 했다. 그래서 유진은 농담이라고 말할 기회를 놓쳤다.

"맹수가 나오는 산에 들어가야 하나 생각했었어요. 맹수와 눈을 마주치면 삶을 깨닫게 된다는 이야기가 있더라고요."

"그런 산이 호주에 있어요?"

"상어가 나오는 바다가 있죠. 악어가 나오는 강도 있고요. 근데 둘 다 싫더라고요."

"악어나 상어는 눈을 마주치기 어렵긴 하겠네요."

유진은 그렇게 말하면서 피식 웃었다. 그리고 호주에 와서 해가 진 이후에 누군가와 이야기를 나눈 것이 처음이라는 것을 깨달았다. 길의 어둠과 고요는 점점 깊어지고 있었다. 유진은 이렇게 짙은 어둠과 고요가 따뜻하게 느껴지는 것이 신기하다고 생각했다.

남자는 담배를 두 개비 더 얻어 피우고 나서 자신의 이름을 말했다. 데이브 미첼. 유진은 그 이름이 마음에 들었다. 둥글고 부드럽게 들렸다. 유진은 남자의 이름을 여러 번 입안에서 굴리며 이 남자에게 언젠가는 답을 주리라 다짐했다. 산에 들어가서 폭포 물을 맞으라는 식의 농담 말고 진짜로 그가 뭘 하고 있는지, 왜 그걸 해야 하는지 꼭 알려줘야겠다, 그런 생각을 했다.

*

집으로 돌아가기 위해 페리에 탔을 때 데이브는 벌써 술이 깬 상태였다. 둘은 갑판에 서서 차가운 강바람을 쐈다. 유진은 난간에 기대 검은 물결을 내려다보았다. 발밑에서 어둠이 출렁거렸다. 유진은 그날 데이브의 가족들과 나눴던 대화를 복기하려 했으나 기억이 조각난 것처럼 말들이 제멋대로 끊어져 유진의 머릿속에서 이리저리 떠다녔다.

"우리 가족을 만나줘서 고마워, 오늘."

데이브가 유진의 머리에 입을 맞추며 말했다. 유진은 이상한 감사라고 생각했지만 그저 말없이 끄덕였다.

나는 그의 가족이 될 수 없을 것이다, 문득 유진의 머릿속에 그런 생각이 스쳤다. 그날의 대화가 모두 단절되어버린 이유가 거기 있었다. 유진과 그들 사이에는 아주 진하고 명료한 선이 그어져 있었고, 누구도 그 선을 넘어서지 않았다. 말들이 데굴데굴 굴러가다가 선 앞에서 멈춰 서는 식이었다. 저녁 시간 내내 옆에 앉아 있었던 데이브와 유진의 사이에서 그 선이 시작되었다. 그리고 지금, 그들이 사는 시티의 불빛이 가까워져 오는 페리까지도 그 선은 집요하게 따라붙고 있었다.

*

유진은 데이브의 아파트에 들어서자마자 원피

스의 지퍼를 내리고 바닥에 드러누웠다. 데이브는
거실의 소파에 털썩 앉은 후 테이블에 놓여 있던
과자 봉지를 집어 들었다. 소금과 식초를 뿌린 감
자칩을 몇 개 집어 먹고는 유진에게 봉지를 건넸
다. 유진은 고개를 저었다.

"배가 더부룩해."

유진은 비스킷이 저녁인 줄 알고 많이 먹어서
정작 저녁은 꾸역꾸역 밀어 넣었다고 불평했다.

"배부르면 안 먹었어도 되는데."

"너희 가족을 처음 만나는 자린데 어떻게 그래."

유진은 데이브 쪽으로 몸을 돌렸다. 바닥에 깔
린 카펫에서 희미하게 먼지 냄새가 났다.

"비스킷이 저녁이 아니라고 미리 말을 했어야
지."

유진의 말에 데이브가 웃음을 터뜨렸다. 그들이
자주 하던 농담이라고 생각한 모양이었다.

*

'미리 말을 했어야지'는 데이브와 유진이 처음

으로 섹스를 한 날 시작된 농담이었다.

아일랜드 펍 앞에서 연락처를 교환한 둘은 사흘이 지나고 다시 만났다. 데이브는 자신이 사는 아파트 근처에 중동 음식을 그럴듯하게 하는 식당이 있다고 했다. 유진이 사는 곳에서도 멀지 않았으므로 유진은 운동화를 신고 걸어갔다.

데이브가 식당 앞에 서 있다가 유진을 발견하고는 손을 흔들었다. 유진은 대낮의 햇빛 아래 환하게 드러난 그의 멀끔함에 감탄했다.

저렇게 깔끔한 하얀 티셔츠를 입고서, 저렇게 반짝이는 곱슬머리를 하고서, 저렇게 사랑스럽게 웃으면서, 저렇게 해맑게 손을 흔드는 잘생긴 남자가 만취해서 몸을 가누지 못해 경비원에게 쫓겨나고, 길거리에서 쭈그리고 울다가 담배를 꿔달라고 했다는 걸 믿을 수가 없었다.

유진이 중동 음식을 먹어본 적이 없다고 하자 데이브는 자신만 믿으라며 마나키시와 후무스를 주문했다. 마나키시는 참깨를 뿌린 화덕 빵이었고, 후무스는 병아리콩을 으깬 디핑소스 같은 거였다. 둘 다 유진의 입맛에 맞지 않았지만, 유진은 자신의 몫을 남기지 않고 먹었다.

데이브는 요르단에서 마나키시와 후무스를 먹은 이야기를 했고, 유진이 요르단에 가본 적이 없다고 하자 사진을 보여주었다.

"페트라예요."

유진은 살구색 암벽에 새겨진 거대한 기둥을 보았다.

"신전이에요?"

"네, 파라오의 보물 창고."

"그래서 보물을 찾았어요?"

데이브는 맑게 웃었다. 그런 뒤 이란과 터키, 이집트에서 찍은 사진을 보여주며 여행 이야기를 들려주었다. 터키에서 일행을 잃어버린 이야기와 이집트 호텔 엘리베이터가 멈추어 한 시간을 갇혀 있었던 이야기를 들으면서 유진은 그의 말투와 표정, 바쁘게 움직이는 양손을 살폈다.

그의 이야기를 듣는 동안, 누군가 이유를 묻는다면 꼬집어 말할 수는 없겠지만, 유진은 데이브가 조금 다르다는 생각이 들었다. 시드니에서 지내는 동안 희미하게 키워온 편견을 데이브에게서는 발견할 수 없었다. 그러니까 그가 그녀를 동양인이라서 싫어하지도, 동양인이라서 좋아하지도 않는다고 느낀 것이다.

"사실 나 파라오의 보물 창고에서 찾은 거 있는데. 비밀 지켜줄 거예요?"

"요르단 관광청에 신고 안 하면 되는 거죠?"

"아뇨, 세관이 문제예요. 보물이라니까요."

유진은 웃으면서 손을 내밀었고 둘은 악수를 했다.

"집에 있어요. 가서 볼래요?"

"에이, 그건 너무 뻔한 작업 멘트다."

이번에는 데이브가 웃음을 터뜨렸다.

"이란에서 사 온 물담배예요. 담배 피우러 집에 가자고 하면 싫어할까봐."

"그럴 리가. 담배라면 말이 다르죠."

그렇게 데이브의 아파트로 향하면서 유진은 그와 섹스를 하고 싶은지 자문했다. 남자가 혼자 사는 집에 가면서 섹스의 가능성을 생각하지 않을 정도로 유진은 어리지 않았다. 그러나 섹스를 하기엔 너무 대낮이었다. 그런 데다 데이브는 집으로 가는 내내 물담배에 대해 떠들어서 유진은 어쩌면 안 할 수도 있겠다, 그렇더라도 실망은 하지 말아야지, 그런 생각을 했다. 동시에 오늘 속옷을 뭘 입었는지 떠올리며 유진은 그의 집에 들어섰다.

복숭아 맛이 나는 물담배는 맛있었다. 유진은 푸른색 호리병 모양의 물담배 병을 들고 화려한 문양을 이리저리 살펴보았다. 물담배를 피울 때는 홍차를 같이 마셔야 한다며 데이브가 차를 내왔다. 따뜻한 차를 마시며 복숭아 맛 물담배를 피우니 왠지 몽롱한 기분이 들었다. 데이브가 달콤한 연기를 내뱉으며 사랑스럽게 웃었다.

유진의 눈빛을 읽었는지 데이브가 키스를 해왔다. 키스까지는 좋았다. 그러나 데이브가 유진의 옷을 벗기려고 했을 때 유진은 데이브의 손을 붙잡아 멈췄다. 섹스를 하기엔 너무 이르다는 생각이 들었다. 그들이 만난 지 얼마 되지 않았다는 것을 떠올린 건 아니었다. 거실에 가득 찬 해가 너무 밝았다.

지난밤에는 맑게만 보였던 데이브의 얼굴에 희미하게 남은 여드름 자국이 눈에 띄었다. 호주에 와서 부쩍 늘어난 기미 역시 유진의 볼 위에 적나라하게 드러나 있을 거였다. 아직은 보여주고 싶지 않은 허벅지의 튼살 자국과 오른쪽 유두 근처 짧게 난 털도 머릿속을 스쳤다. 그런 거야 관계가 진전된다면 어차피 보여주게 될 거니 상관없다 쳐도 이렇게 훤한 대낮에 햇빛을 받으며 섹스를 하는 것은 아무래도 내키지 않았다.

"나는 지금 섹스를 하고 싶지 않아."

유진은 데이브의 손목을 붙잡고서 단호하게 말했다. 아주 가까이에서 데이브의 파란 눈이 흔들렸다. 데이브는 유진에게서 몸을 떼고 소파에 바로 앉았다.

"왜 미리 말하지 않았어?"

데이브는 당황한 기색이 가득한 얼굴로 유진을 보며 말했다.

"집에 오기 전에 섹스하고 싶지 않다고 미리 말을 했어야지."

데이브는 바지 벨트를 채우며 소파에서 일어났

다. 유진도 어깨 아래로 내려간 티셔츠를 끌어 올렸다. 유진은 데이브가 냉장고에서 맥주를 꺼내 마시는 것을 지켜보면서 혼잣말을 중얼거렸다.

그러니까, 데이브가 집에서 물담배를 피우겠냐고 물었을 때 '난 물담배 피우러 너희 집에 가긴 갈 건데 섹스는 하고 싶지 않아'라고 말했어야 한다고?

호주에 와서 유진은 여러 문화 차이를 발견하고 익혔다. 이를테면 건물의 문을 열 때 뒷사람을 위해 잡아주고 기다리는 것. 상점에서 처음 본 점원과도 인사를 하면서 안부를 묻는 것. 직장에서 직위가 아니라 이름을 부르는 것 등.

데이브와 만날 약속을 하고서는 연애에서의 문화 차이를 찾아보기도 했다. 보통 섹스를 먼저 하고 연애를 한다는 것, 삽입 성교 전에 오럴 섹스부터 하는 경우가 많다는 것, 헤어진 연인이나 배우자와 편하게 연락을 하고 지낸다는 것 등. 그러나 누군가의 집에 초대받았을 때 섹스하지 않겠다고 미리 알려야 한다는 것은 몰랐다.

섹스 예고제도 아니고, 이게 뭐야?

유진은 일어나 주방에서 맥주를 마시는 데이브
의 옆으로 가서 말했다.

"문화 차이야."

"뭐?"

데이브가 어이없다는 얼굴로 돌아보았다.

"이게 무슨 문화 차이야? 너는 그냥 지금 나랑
섹스하기 싫다는 거잖아."

둘은 그날 맥주에 이어 와인을 더 마시다가 해
가 진 후에 노란빛의 전등을 켜놓고 섹스를 했다.
이번엔 유진이 먼저 데이브를 전등 아래로 이끌었
고, 그의 옷을 벗기기 시작했다. 전등의 노란빛이
데이브와 유진의 몸에 부드럽게 닿았다. 유진은
아까 거절하길 잘했다고 생각했다. 문화 차이를
제대로 설명하지는 못했지만.

섹스를 두 번 마치고 밤늦게 출출해진 둘은 케
밥을 먹기 위해 집을 나섰다. 데이브가 호주에서
는 새벽까지 술을 마신 후에 케밥을 먹는다고 했

다. 유진은 컵라면 같은 거라고 이해하고 고개를 끄덕였다.

데이브는 양고기 케밥을 주문했고, 유진은 닭고기 케밥을 주문했다. 케밥은 한 손에 잘 잡히지 않을 정도로 두툼했고 몹시 맛있었다. 얼굴에 소스를 잔뜩 묻히며 케밥을 다 먹어 치우고 기분이 좋아진 유진은 데이브의 손을 잡았다. 데이브의 손이 뻣뻣하게 굳어 있다가 스르르 유진의 손에서 빠져나갔다.

"아직은 이르지 않아?"

데이브의 말에 유진은 웃음을 터뜨렸다. 섹스하기엔 이르지 않고 손을 잡기에 이르다는 건 대체 뭐야? 앞뒤가 안 맞는다고 생각하면서도 괘씸하기보다는 웃겼다. 그래서 유진은 웃으면서 말했다.

"왜 미리 말 안 했어?"

"뭘?"

"섹스하기 전에 나랑 손은 잡고 싶지 않다고 미리 말을 했어야지. 그게 기본 에티켓 아냐?"

그 후로 유진은 여러 번 같은 농담을 반복했다.

"매일 연락하고, 자주 만나고, 만나면 키스도 하고 섹스도 하는데 어떻게 사귀는 게 아냐? 섹스하기 전에 사귀는 건 싫다고 미리 말을 했어야지."

"도대체 사랑한다는 말은 언제 할 거야? 이럴 거면 연애는 해도 사랑하지는 않을 거라고 미리 말을 했어야지."

그 농담은 흡사 마법의 주문과도 같았다. 데이브와 유진은 팽팽하게 맞서 싸우다가도 유진이 그 말을 하고 나면 같이 웃음을 터뜨렸다. 그리고 자연스레 유진이 원하는 다음 단계로 넘어가고는 했다. 그렇게 둘은 알맞은 시기에 서로의 손을 잡게 되었고, 서로를 여자 친구와 남자 친구로 부르게 되었고, 전화를 끊을 때마다 사랑한다고 말하게 되었다. 그렇게 하기 싫다고 미리 말하지 않았으므로.

*

이번엔 농담이 아니었다. 농담을 통해 무마할 것도 없었고, 넘어가고 싶은 다음 단계도 없었다.

무엇보다 웃을 기분이 아니었다.

유진은 바닥에서 몸을 일으키며 농담 아니라고 잘라 말한 후에 저녁 시간 내내 참았던 말을 꺼냈다.

"나는 네 가족을 처음 만나는 건데 네가 좀 더 친절했어야 하는 거 아냐? 나는 저녁이 늦게 나오는 줄 몰랐고, 설거지를 안 하는 게 예의인 줄도 몰랐어. 심지어 동생 커플이 오는 것도 몰랐어. 그런 걸 미리 말해줄 순 없었어?"

유진이 쏘아붙이자 데이브는 미간을 찌푸리더니 한 손을 들고 또박또박 말하기 시작했다.

"유진, 우리는 오늘 가족을 잘 만나고 왔어. 우리 가족들은 다 너를 좋아했고, 지금 네가 화를 낼 일은 전혀 없어."

"화를 내는 게 아냐."

"그럼 그만하자. 나 씻으러 갈게. 피곤해."

데이브는 유진의 대답을 기다리지 않고 그대로 샤워를 하러 들어갔다.

데이브는 유진과 싸우는 것을 싫어했다. 유진이

사소한 일로 시비를 건다고 했고, 유진이 그런 식으로 문제가 아닌 것을 문제 삼지 않는다면 싸울 일이 없을 거라고 했다. 그러나 정작 자신이 싸우는 걸 싫어해서 둘이 싸우게 된다는 걸 몰랐다. 싸우지 않기 위해 유진의 불만을 못 본 척하고, 유진의 항의를 무시하는 그 태도가 유진을 가장 화나게 한다는 걸 몰랐다.

데이브는 샤워를 마치고 나오면 유진에게 입을 맞출 것이고, 아무 일도 없었다는 듯이 행복하고 즐거운 연인을 연기하려 할 것이다. 유진이 같이 장단을 맞추지 않고 다시 한 번 조금 전의 이야기를 꺼낸다면 비로소 싸움이 시작된다고 생각할 것이다.

아니야, 네가 내게서 등을 돌리고 샤워를 하러 들어간 그 순간 싸움은 시작된 거야.

*

"유진?"

데이브가 허리에 남색 타월을 두르고 나와 유진

의 옆에 앉았다. 유진은 말없이 거실 테이블 위의 향초를 노려보고 있었다. 데이브가 샤워하는 동안 화가 점점 자라나서 이제는 걷잡을 수 없이 커져 있었다.

"괜찮아?"

데이브는 유진의 허리에 손을 얹었다. 유진은 그의 손을 뿌리쳤다.

"잘 들어. 나는 싸우려는 게 아니야. 그러니까 잘 들어."

"유진, 제발. 오늘 좋은 날이었잖아."

"아니, 나한테는 아니었어."

"도대체 뭐가?"

"너는 네 가족을 처음 만나는 자리에서 나를 놀림감으로 만들었어."

"무슨 소리를 하는 거야?"

"나는 나 자신이 너무 바보 같았어. 처음부터 끝까지."

그렇게 말하고 나자 저녁 내내 유진을 괴롭혔던 감정이 뭔지 선명해졌다.

"집에서 보는 거니까 편하게 입으라고 말해줄

수 없었어? 나만 광대 같았다고. 그리고 내가 설거지 거품에 집착한다는 말은 왜 한 거야? 꼭 내가 결벽증이 있는 것처럼. 다들 나를 뭐라고 생각하겠어?"

"왜 그래? 농담이었던 거 알잖아. 다들 그냥 웃었고. 지금쯤 기억도 못 할 거야."

"그러니까, 왜 나를 농담거리로 만들어?"

"그만해, 유진. 나는 그런 적 없어. 그만해."

"뭘 그만해?"

"이러는 거. 아무것도 아닌 일로 나한테 책임을 묻는 거. 내가 죄책감을 느끼기 전까지 끝내지 않는 거."

"너한테는 아무것도 아니겠지. 네 가족이니까. 하지만 나한테는 그렇지 않아. 나는 수치스러웠고……."

"세상에. 설거지 거품을 헹구는 걸 좋아한다고 말해서 수치스러웠다고?"

"다들 웃을 때 수치스러웠어."

"그럼 그때 말할 수 있었잖아. 나한테 닥치라고 하지 그랬어. 그럼 나는 닥쳤을 거야. 아무 말도 하지 않고 웃고만 있던 너, 너한테는 아무 책임이 없는 거야? 네가 아무 말도 안 하는데 네 감정을 내가 어떻게 알아?"

"장난해? 네 가족 앞에서 어떻게 그렇게 말해? 그때 못 해서 지금 말하는 거잖아. 그냥 듣는 시늉이라도 해줄 수 없어?"

"아니, 너는 들어달라는 게 아니라 사과하기를 바라는 거잖아. 네가 말하지 않았어도 너를 헤아리지 못해서 미안하다고 말해야 하는 거지? 그런데 잘 들어. 나는 내가 잘못하지 않은 거로 너한테 사과하지 않을 거야. 나는 네 엄마가 아니야. 네가 억지를 부려도 받아줘야 할 의무 같은 건 없어."

유진은 머리를 심하게 때리는 분노에 온몸이 뻣뻣해졌다.

"그래, 알겠어."

유진은 부처님처럼 다리를 꼬고 허리를 반듯이 펴고 앉아서 눈을 감았다. 그리고 심호흡을 했다. 더 이상 싸움을 계속해봤자 아무 의미가 없다는 걸 깨달았다.

"그만하자."

유진은 천천히 눈을 뜨고 데이브를 똑바로 쏘아보았다.

"헤어져."

데이브는 목을 뒤로 빼고 미간을 찌푸리더니 진심이냐고 물었다.

"응, 진심이야."

"정말 헤어지자고?"

"응, 헤어지자."

잠시 침묵이 흘렀다. 유진은 데이브에게서 시선을 떼 다시 테이블 위의 향초를 바라보았다. 향초의 불이 꺼져 심지에서 연기가 피어오르고 있었다. 유진이 좋아해서 그녀가 올 때마다 데이브가 켜놓는 샌들우드 향이 연기와 함께 퍼졌다.

"그래, 그럼."

데이브가 말했다.

"헤어지자."

유진은 데이브의 얼굴을 바라보았다. 담담한 얼굴. 놀란 얼굴도 아니었고, 상처받은 얼굴도 아니었다. 확고한 결심을 한 사람처럼 단단해 보이기까지 했다. 유진은 자신의 얼굴이 데이브보다 더

일그러져 있을 거라는 걸 알았다.

어떻게 저렇게 무표정할 수 있지? 어떻게 저렇게 단번에 헤어지자는 말에 수긍할 수가 있지? 기다리기라도 했던 것처럼?

순간 유진의 머릿속에 비명처럼 날카로운 무언가가 스쳤다.

정말 기다리고 있었던 건가? 진작부터 헤어질 준비를 하고 있었던 건가? 계속 신호를 보내왔는데 내가 눈치를 채지 못했던 건가? 나한테서 먼저 헤어지잔 말이 나올 때까지 몰아붙였던 건가?

"너 뭐야?"

"뭐가."

"너 나랑 헤어지고 싶었어?"

"네가 헤어지고 싶다며."

"나는 빌어먹게 화가 나니까. 너도 그렇게 화가 난 거야? 아니면 계속 생각했어? 준비해왔던 거야?"

"무슨 준비를 해? 네가 헤어지자고 했잖아."

"너도 헤어지자며. 너는 왜 헤어지고 싶은 건데."

"지금 도대체 무슨 말을 하는 거야? 네가 헤어지자니까 내가 그러자고 한 거잖아. 그만하고 싶다며!"

데이브가 답답하다는 얼굴로 소리쳤다. 정말로 답답한 건 유진이었다. 답답하고 화가 나고 억울했다. 너무 억울한 나머지 부릅뜬 눈에서 눈물이 주르르 흘렀다. 데이브는 반사적으로 손을 뻗어 유진을 안았다.

"왜 울어. 울지 마."

그러니까 데이브의 말은 이랬다. 자신은 헤어지고 싶지 않았지만 유진의 의견을 존중하고 싶었다는 것이다. 관계라는 게 한쪽이 끝내면 끝난 게 아니겠냐고. 유진이 그렇다면 자신도 받아들여야 한다고 생각했다고.

데이브의 말을 들으며 유진은 기가 찼지만 더이상 화낼 기운이 없어서 잠자코 있었다. 혼잣말처럼 한국어로 "존중 두 번 했다간 큰일 나겠네"라고 중얼거린 게 다였다.

*

다음 날 아침, 유진은 늦게 일어났다. 데이브는 소파에 앉아 있다가 거실로 나온 유진을 보고 일어나 다가왔다. 거실 중앙에 엉거주춤 서 있는 유진에게 입을 맞추며 좋은 아침이라고 말했다. 유진도 좋은 아침이라고 대꾸했다. 데이브는 도로 소파에 가서 앉고 유진은 주방 식탁에 앉았다. 시리얼 박스가 나와 있었고, 데이브가 절반쯤 남긴 시리얼이 담긴 그릇이 놓여 있었다.

유진은 찬장에서 깨끗한 그릇을 꺼내고, 냉장고에서 요거트 통도 꺼냈다. 요거트와 시리얼을 담은 그릇을 들고 베란다로 나가 나무 의자에 앉았다. 요거트에 시리얼을 섞다가 타일 바닥에 내려놓고 유진은 난간 위로 쏟아지는 햇살을 만지려는 듯 손을 뻗었다. 햇살이 유진의 손에 잠시 잡혔다가 이내 빠져나갔다.

2016년 2월, 서울의 겨울

데이브가 유진의 가족을 처음 만난 건 2016년 설날이었지만 엄밀히 말하자면 그로부터 두 달 전 유진의 엄마와 마주친 적이 있었다. 그가 한국에 들어온 지 얼마 되지 않아서였다. 데이브는 혜화에 방을 얻었고, 유진은 집에서 안 쓰는 자잘한 세간살이들을 챙겨다주었다.

뭘 자꾸 가져 나가냐는 엄마의 질문에 유진은 친구가 자취를 시작했다고 둘러대다가 결국 데이브에 대해 털어놓았다. 호주에 있을 때 호주 남자와 사귄다고 하면 엄마가 다시 인종차별을 들먹이며 걱정할까봐 말하지 않았고, 데이브가 한국에

들어온 이후에도 호주에서 남자를 데리고 왔느냐
고 기겁할까봐 미루던 차였다.

"너 벌써 살림 차린 건 아니지?"

유진의 엄마는 눈을 가늘게 뜨고 물었다. 아니
라는 유진의 말에 엄마는 거짓의 징후라도 찾겠다
는 듯 유진의 얼굴을 뚫어지게 쳐다보았다.

"사람이 절차란 게 있는 거다."

유진은 대충 끄덕이면서 엄마 눈치를 살폈다.
예상했던 것과는 달리 외국인이라는 것에는 정작
크게 신경 쓰지 않는 듯했다. 엄마가 부정적 편견
을 드러낼 경우를 대비해 유진이 미리 준비한 구
구절절한 설명들, 데이브가 서양인답지 않게 예의
바르고 서양인답게 다정하다는 말은 꺼낼 필요도
없었다.

유진의 엄마가 데이브에 대해 암묵적인 인정을
하고 난 이후로 유진은 당당하게 갖은 잡동사니를
퍼다 날랐다. 전기주전자와 옷걸이가 가방에 함께
담겼고, 베갯잇과 이불 커버가 상자째로 옮겨졌
다. 혼자 들기 버거운 물건은 엄마에게 도움을 청
하기도 했고, 그때마다 엄마는 살림 차리는 건 절

대 안 된다고 강조하며 도와주었다.

*

그날 유진의 목표는 플라스틱 행거였다. 베란다 깊숙이 처박아둔 행거를 꺼내느라 낑낑대고 있을 때 엄마가 다가와 혼자서 나를 수 있겠냐고 물었다.

"남자 친구 부르는 게 안 나아?"

"안 그래도 와 있어, 밖에. 현관 앞에까지만 같이 날라줘. 집에 들어오라고 하기는 좀 그렇잖아."

"그건 그렇지."

유진과 엄마는 현관문을 먼저 열어놓고 노란색 박스 테이프로 칭칭 감은 행거의 양 끝을 잡았다. 유진이 뒷걸음질 쳐서 먼저 나왔고, 엄마가 뒤뚱뒤뚱 따라 나왔다.

행거를 내려놓고 바로 들어가려던 유진의 엄마가 멈칫했다. 유진이 뒤돌아보니 야외 주차장에서 데이브가 손을 흔들고 있었다. 유진의 집은 복도식 아파트의 1층이었고, 못 본 척하기에는 데이브의 활짝 웃는 얼굴이 너무나 가까웠다.

"인사는 해야겠지."

유진의 엄마는 망했다는 얼굴로 중얼거렸다.

유진과 행거를 마주 잡고 아파트 계단을 옆으로
걸어 내려가면서 엄마는 이럴 줄 알았으면 바지라
도 갈아입을 걸 그랬다고 투덜거렸다. 유진의 엄
마는 파란색 바탕에 진분홍색 꽃이 빼곡하게 그려
진 극세사 수면바지를 입고 있었다.

"쟤는 엄마가 넝마를 입든 드레스를 입든 상관
안 해."

데이브가 계단 쪽으로 다가왔고, 엄마는 곁눈으
로 데이브를 보고는 혼잣말을 했다.

"진짜 외국인이네."

엄마의 말에 유진은 새삼스레 데이브를 돌아보
았다. 주차장을 오가는 한국인들 사이에서 모래색
곱슬머리, 움푹 들어간 파란 눈, 높은 코가 두드러
져 보였다.

"안녕하세요? 만나서 반갑습니다."

데이브는 어설픈 한국어로 인사를 건네고는 엄
마를 대뜸 끌어안고 볼에 입을 맞췄다. 세상에, 이

건 전혀 예상치 못했는데.

"아이고."

유진의 엄마가 작은 소리로 중얼거렸다.

유진이 데이브를 엄마에게서 떼어놓아야 하나 고민하는 사이 데이브가 엄마에게 떨어져서 싱긋 웃었다.

"그래요, 반가워요."

엄마는 유진의 등허리를 꼬집었다.

"어떻게, 이사는 잘했어요?"

유진이 통역하자 데이브는 잘했다며 한국어로 "감사합니다"라고 덧붙였다. 표정이 무척 밝았다. 뭐가 저렇게까지 기분이 좋을까 싶을 정도로.

"그럼 뭐 할 일 많을 텐데, 이제 보내줘야지."

엄마가 그들 사이에 놓인 행거를 통통 치면서 말했다.

"이거 잘 쓰고 필요한 거 있으면 또 말해요."

유진의 엄마는 평소답지 않은 상냥한 목소리로 다음에 또 보자는 인사를 남기고 들어갔다. 데이브는 잠시 엄마의 뒷모습을 바라보다가 이게 무슨 상황이냐고 물었다.

"집으로 들어가자고 안 해?"

데이브의 얼굴이 순식간에 붉게 달아올랐다.

"그냥 이렇게 가는 거야? 집 앞에서?"

유진은 데이브가 무엇 때문에 그렇게 화난 얼굴을 하는지 선뜻 알아차리지 못하다 조용히 데이브의 불평을 얼마간 더 들은 후에야 알았다. 그는 문전 박대를 당했다고 여기는 거였다.

유진은 머릿속에서 이 상황을, 데이브가 이게 무슨 상황이냐고 물었던 것에 대한 답을 찬찬히 정리해보았다.

유진의 엄마는 한 번도 본 적 없는 딸의 남자 친구에게 선뜻 집 안 기물을 내다 주었다. 그것도 직접. 딸의 남자 친구와 이렇게 만나게 될 거라고 생각지 못해서 부끄럽게도 극세사 수면바지를 입고 있었고, 그런데도 그와 눈이 마주치자 다가가 웃으며 덕담을 건넸다. 엄마는 지금쯤 청소가 전혀 되지 않은 집에서 거울 속 자신을 보며 촌스러운 바지와 화장 안 한 얼굴을 자책하고 있을 것이다.

유진은 침착하게 데이브에게 행거 한쪽 끝을 들라고 한 뒤에 아파트 단지 내 놀이터로 향했다. 아무리 크게 소리쳐도 엄마에게 들리지 않을 곳으로 가야 했다.

　유진은 노란 박스 테이프가 감긴 행거를 빨간색 미끄럼틀에 기대 세워놓고 또박또박 설명하기 시작했다.

　"잘 들어, 한국은 호주와 달리 집에 초대하는 문화가 보편적이지 않아. 내가 집에 친구를 불러서 놀았던 건 고등학교 때가 마지막이야. 어릴 때는 갈 곳이 없으니까. 돈도 없고. 그러니까 집에서 엄마가 해주는 밥 얻어먹으면서 노는 거지. 성인 되고 난 이후에는 친구 자취방 빼고는 부모 있는 집에 가본 적도 없고, 우리 집에 누가 온 적 없어. 게다가 정식으로 초대한 것도 아닌데 집 앞에 찾아온 사람을 들이는 경우는 더더욱 없어."

　"아무리 그래도 딸의 남자 친구잖아."

　"남자 친구니까 더 그렇지."

　데이브는 여전히 이해하지 못하겠다는 듯 굳은 표정으로 고개를 흔들었다.

　"나는 한국과 호주 문화가 그렇게 다르다고 생

각 안 해. 다른 사람도 아니고 가족의 연인은 특별
한 사람이잖아. 특별하지 않다고 해도, 사람이 집
에 왔는데 인사만 하고 그냥 보내는 건 어느 문화
에서도 예의가 아닌 것 같아."

"예의? 우리 엄마가 예의가 없다는 거야?"

"문화 차이가 모든 것에 대한 핑계가 될 수는 없
다는 거야. 손님을 대접하는 문화는 세계 공통이
기도 하고."

"세상에, 데이브, 네가 무슨 손님이야? 넌 오
늘 행거를 받으러 왔고, 우리 엄마는 너를 돕겠다
고 직접 행거를 내다 줬어. 그런 엄마한테 고마워
하지는 못할망정 예의가 없다고? 네가 그렇게 말
하는 거야말로 정말 예의 없는 거라는 거 모르겠
어?"

유진은 행거를 들어 데이브의 머리통을 후려치
고 싶은 것을 참았다.

"그래, 손님 대접 문화가 세계 공통이지. 그래서
너희 가족은 손님을 저녁 식사에 초대해서 과자
나부랭이를 주고 그제야 요리를 시작한 거야? 한
국에서 그러면 난리 나. 손님 오기 전에 식사 준비

를 마치고 으리으리하게 차려놔야 돼. 우리 문화에서 보면 너희 가족이 손님에 대한 예의가 없는 거야. 나도 네 말처럼 세계 공통 예의를 들먹일 걸 그랬네, 그때."

데이브의 얼굴이 다시 붉어졌다. 이번에는 곧 터질 것처럼 새빨갛게 달아올랐다.

그렇게 둘은 미끄럼틀 옆에 서서 소리치며 싸우기 시작했다. 지나가는 사람들이 멈춰 서서 큰 소리로, 게다가 영어로 다투는 외국인과 한국인 커플을 지켜보았다. 그러다 시선을 느낀 유진이 홱 돌아보면 흠칫 놀란 표정을 지으며 그제야 가던 길을 재촉했다.

둘의 싸움을 목격한 사람 중에는 이 아파트 단지에서 10년을 넘게 산 유진을 아는 사람도 있을 것이다. 엄마의 전화번호를 가진 사람도 있을 테고, 딸이 지금 외국 남자하고 지랄 발광한다고 전할 사람도 있을 것이다.

이게 웬 망신인가 싶어서 감정이 격해진 유진이 "Fuck you!" 하고 소리치자 데이브도 "Fuck you, too!"라고 응수했다. Fuck you에도 too가 붙을 수 있는 줄 미처 몰랐던 유진은 움찔했다. 그러나 티 내지 않고 다시 싸움을 이어 나갔다. 이번에는 데이브가 먼저 "Fuck you!"를 외쳤고, 유진은 재빨리 "Fuck you, too!"라고 받아쳤다.

그날 저녁, 둘은 데이브의 집에 행거를 갖다 놓고 치킨을 배달시킨 후에 화해했다. 양념치킨 다리를 들고서 데이브는 어쩌다 이렇게 매주 싸우게 됐는지 모르겠다고 푸념을 했다. 유진은 자신도 모르겠다고 했지만, 둘이 언제부터 싸우게 됐는지, 어쩌다 이렇게 된 건지 정확히 알고 있었다.

*

유진이 호주에서 2년 워킹 홀리데이 비자가 만료되어 귀국한 후 세 달여가 지났을 무렵, 데이브가 한국행 비행기 표 사진을 보내왔다. 3주 후 날짜가 찍혀 있는 편도 항공권이었다.

놀라서 전화한 유진에게 데이브는 "서프라이즈!"라고 외쳤다. 일을 그만두겠다고 회사에 이미 말했으며, 다음 일을 구하기 전에 한 달 정도 유진을 보러 한국에 오겠다고 했다.

당시 유진은 데이브가 그리워 하루에도 몇 번씩 서글퍼지곤 했다. 그래서 데이브가 서프라이즈를 외칠 때 울컥하는 마음이 들었다. 일을 시작한 지 얼마 안 된 동네 미술학원에서 수업을 마치고 교실을 청소할 때 데이브가 가장 그리웠는데, 이제는 데이브를 만날 생각을 하며 신나게 비질을 할 수 있을 것이다. 퇴근하고 데이브가 묵는 숙소로 찾아간다든지, 데이브가 유진의 미술학원 앞으로 마중을 나온다든지 하는 생각만 해도 마음이 부풀었다.

"기쁘다. 얼른 와."

유진은 진심을 담아 말했다.

데이브는 유진이 예약을 해놓은 안국동의 한옥 숙소에서 일주일 정도를 보낸 후에 집을 알아봐줄 수 있냐고 물었다. 해가 좋은 주말이었고, 둘은 대청마루에 앉아 자갈이 깔린 네모난 마당을 보고 있었다.

"집?"

"1년 정도 지내려면 계속 숙소에서 묵기보다는 집을 구하는 게 낫잖아."

"1년을 지낸다고?"

"한국에서 이렇게 너랑 있으니까 좋아서. 일을 그만두기도 했고, 다시 이런 기회가 오지 않을 것 같아."

데이브의 파란 눈이 유진을 똑바로 마주 보았다. 그 안에는 단단한 결심 같은 것이 담겨 있었다. 유진에게 그 결심을 전달하기까지 데이브는 오래 생각을 했을 것이다.

유진은 고개를 돌려 자신들이 지난밤 묵은 방을 보았다. 격자무늬의 나무 문이 열려 있었고, 그 안에 잘 개어진 요가 눈에 들어왔다.

데이브는 요를 처음 봤다며 바닥에서 자본 적이 없다고 했다. 그래서 그런지 잠을 설치는 듯했다. 새벽에 데이브가 몸을 뒤척이다 일어나 앉는 소리에 유진도 깬 날이 많았다.

잠도 제대로 이루지 못하는 곳에서 자신을 위해 1년을 살겠다고 말하는 데이브에게 유진은 고맙다고 말하고 싶었다. 진심이었다. 그러나 동시에 겁도 났다. 그들에게 펼쳐진 1년이 유진의 앞에 무겁게 떨어졌다. 한국말도 할 줄 모르는 파란 눈의 연인은 사랑이 깊고 낙천적이기만 했다. 낙천적일 수 없는 문제들은 고스란히 유진의 몫이 될 터였다.

데이브가 유진을 꼭 안았다.

"사랑해, 유진."

유진도 습관처럼 사랑한다고 답했다. 이제 그들은 사랑한다는 말이 습관이 되어버릴 정도로 오랜 시간을 같이 보냈다. 오래된 연인이 함께 있자고 하는데 왜 이렇게 마음이 요동칠까. 뭐가 이렇게 겁이 날까. 유진을 더욱 무섭게 한 것은 그 답을 생각보다 빨리 알게 될 것 같다는 예감 때문이었다.

유진은 자신의 마음을 깊은 곳으로 밀어 넣고 데이브를 안은 팔에 힘을 주었다.

시간이 오래 지난 후에 유진은 어쩌면 데이브의 결정이 유진을 위한 선택이 아니었을지도 모른다는 생각을 했다. 그러니까 데이브가 아직도 답을 찾고 있는지도 모르겠다는 생각. 맹수가 나오는 산에 들어가는 마음으로 한국에 왔는지도 모르겠다는 생각. 말도 통하지 않는 한국으로 향하는 비행기 표를 사면서 이번에야말로 답을 찾겠다는 다짐을 했는지도 모른다는 생각.

*

유진은 자신에게 주어진 몫을 다하는 마음으로 그를 도왔다. 데이브가 살 방을 찾고, 부동산 계약을 대신 했으며, 가스를 연결하고 인터넷을 설치했다. 가구와 가전을 사러 돌아다녔고, 세탁기 작동법을 알려주었으며, 데이브의 외국인등록증 발급을 도왔다. 그의 명의로 핸드폰을 개통하고 은행 계좌를 개설한 후에 핸드폰에 카카오톡 앱과 은행 앱, 버스 알림 앱을 깔았다. 근처 대학의 한국어 과정에 등록시켰고, 집에서 학교로 가는 교통편을 알려주며 동행했고, 집 근처 슈퍼와 식당을 같이 다니며 주문하고 계산하는 연습을 시켰다.

그 과정에서 유진은 종종 호주에 처음 갔을 때

를 떠올렸다. 유진이 데이브 대신 하는 그 모든 일을 그녀는 호주에서 혼자 했다. 시스템을 잘 모르는 데다 호주식 영어가 익숙하지 않아 어려움을 겪으면서도 혼자 해야 했고, 결국 다 해냈다.

데이브는 유진과 경우가 다르다는 걸 유진도 잘 알고 있었다. 데이브는 한국어를 인사말밖에 할 줄 몰랐고, 유진을 보러 한국에 온 거니 유진이 돕는 게 당연하다고 생각했다. 그러나 데이브 대신 해야 할 일은 끝이 없었고, 때때로 지쳤다. 내가 와 달라고 부탁한 것도 아닌데 왜 이렇게까지 하고 있나, 하는 자각이 몰려오기도 했다.

그때부터였다. 데이브가 뷰가 좋은 곳을 고집해 얻은, 언덕 위 옥탑방에 같이 누워 있으면 유진은 안에서 조용히 끓어오르는 화를 느낄 수 있었다.

나이 서른셋에 달동네 옥탑방에서 한국말도 못 하는 남자 수발을 들고 있다니. 이게 뭐 하는 짓인가.

두 명이 눕기엔 비좁은 매트리스에 팔을 맞대고 누워서 끝내 입 밖으로는 뱉지 못할 말들을 마음속으로 외쳤다.

내가 한 번이라도 너한테 한국에 오라고 한 적 있어?

한국말도 못하면서 무슨 배짱으로 한국에 온 거야?

나 하나 살기도 버거운데 너를 어디까지 챙겨야 하는 거니?

너희 집 부자잖아. 왜 이런 데 사는 건데.

뾰족한 말들은 유진의 안에서 점점 더 뾰족해져서 마음에 생채기를 냈다.

그렇게 스스로 상처를 내며 누르고 누른 화는 전혀 예상하지 못한 순간에 터져 나오곤 했다. 데이브가 붕어빵과 붕어싸만코를 보고 생선이 들어 있냐고 물었을 때 유진은 버럭 화를 냈다.

"야! 아니야! 한국 사람들이 생선을 빵으로도 먹고 아이스크림으로도 먹을 거라고 생각하는 거야? 그게 말이 돼?"

식당에서 주문하면서도 갑자기 분노가 터져 나왔다. 데이브가 메뉴를 정하고 직원과 눈이 마주

칠 때까지 기다리는 걸 보고 있을 때 그랬다.

"야! 뭐 하는 거야! 그렇게 하면 안 된다니까! 저기요! 이렇게 부르라고 내가 몇 번을 말해! 아직도 호주식 매너에 빠져 있으면 어쩌자는 거야! 여기는 한국이야! 호주식 사고를 버려!"

유진이 다짜고짜 화를 낼 때마다 데이브는 당황해하다가 왜 그렇게 날카롭게 구냐고 따졌고, 이내 둘은 길이고 식당이고 장소를 불문하고 싸웠다.

소리치고 욕하고 때로는 서로 밀치기까지 하며 싸우다가 길바닥에 데이브를 내버려두고 집에 오는 일이 거의 매주 반복되었다. 그렇게 씩씩거리며 집에 들어서서 엄마를 마주하면 혼자 있을 데이브 생각이 났다. 여자 친구와 싸웠다며 불러낼 친구도 없이, 돌아갈 가족도 없이, 말도 안 통하는 타국에서 혼자 옥탑방에 누워 있을 데이브가 떠올라 코가 시큰해지는 거였다.

결국, 유진은 늦은 밤, 집에서 몰래 빠져나와 붕어빵이나 붕어싸만코를 들고 옥탑방을 찾곤 했다. 미안하다고 사과하지는 않았다. 데이브 역시 사과를 요구하지 않았다. 둘은 그저 유진이 챙겨 온 생선 모양의 간식을 나눠 먹은 뒤 작은 요에서 서로를 끌어안고 잠이 들었다.

*

설날 정오, 데이브는 시간에 맞춰 왔다. 버스를 갈아타야 해서 힘들지 않았냐고 유진이 묻자 전혀 아니었다고 했다.

"저는 한국 사람이에요."

데이브가 웃으며 한국어로 말했고, 유진도 따라 웃었다.

"뭐라고 하라고 했지?"

"새해 복 많이 받으세요."

데이브는 손에 든 화분을 앞으로 내밀며 상체를 구부리며 말했다. 유진은 데이브의 머리를 쓰다듬었다.

"이 화분이 엄마 선물이야?"

"응, 이거 호주 꽃이거든. 기억나? 여기서 이제 분홍색 꽃이 펴."

작은 갈색 화분에는 앙상한 가지 몇 개가 뻗어 나와 있었고, 회색에 가까운 녹색 잎이 가시처럼 달려 있었다. 호주에서 많이 보았던, 잎이 작고 메마른 느낌의 화초였다.

정식으로 처음 뵙는 여자 친구의 어머니께 설 선물로 이렇게 작은 화분을 드리는 30대의 남자가 있을까? 유진은 잠시 생각했지만 아무 말도 하지 않았다. 둘은 이미 그 문제로 다툰 적이 있었고, 그때 데이브가 주장했던 선물들을 떠올리면 화분은 감격스러울 지경이었다.

설 연휴 전주에 데이브는 길을 걷다가 철물점 앞에 멈춰 서더니 밖에 진열된 커다란 빗자루를 집어 들었다. 나무 봉에 연두색 플라스틱 솔이 달린 빗자루는 유진의 키보다 컸다. 데이브는 유진의 엄마 선물로 빗자루가 어떻겠냐고 물었고, 유진은 말없이 데이브의 손에서 빗자루를 빼앗아 원래의 통에 넣었다.

"전혀 예상치 못한 선물이잖아. 빗자루를 주면 다들 웃을 거야. 게다가 빗자루는 모든 집에 필요하니까 유용하기도 하고."

"하나도 안 웃기니까 그만해."

유진은 홍삼이나 한우를 사라고 했고, 데이브는 자신이 잘 알지도 못하는 선물을 사고 싶지는 않다고 했다.

"그래서 네가 잘 아는 선물이 빗자루야?"

"예전에 크리스마스 선물로 바보 같은 것을 주자고 했던 적이 있었어. 그때 이거보다 더 큰 빗자루를 사 갔는데 가족들이 다 내 선물을 갖겠다고 난리였어. 다른 사람들 선물은 바보 같기만 하고 실용적이지가 않았거든. 끈을 잡아당기면 손이 튀어나와서 손뼉을 치는 모자 같은 거였는데 그런 걸 누가 갖고 싶어 하겠어?"

데이브가 킬킬대면서 웃었고, 유진은 인상을 찌푸렸다.

"우리 집은 마당이 없어서 이런 빗자루가 필요 없어. 그러니까 이건 실용적이지도 않고 그냥 바보 같기만 한 선물이야."

"그래? 그럼⋯⋯."

데이브는 철물점 앞의 주황색 쓰레받기와 적갈

색 대야를 뒤적였다. 유진은 화를 누르며 마트로 가자고 했다.

"거기에 설날 선물 코너가 있어. 거기서 고르자. 여기 말고."

"난 내가 주고 싶은 선물을 사고 싶어."

"세상에, 데이브. 너 선물의 의미를 잘 모르는 거 아냐? 상대가 받고 싶어 하는 걸 줘야지, 네가 주고 싶은 선물을 준다는 말이 어딨어?"

그때 둘은 철물점에서 선물을 사지 않겠다는 정도로 합의를 보았다. 그 합의에서 나온 선물이 화분이라면 유진에게는 감지덕지했다.

*

유진과 데이브가 현관문을 열고 들어가자 엄마가 현관 앞까지 나왔다. 데이브는 다행히 엄마를 끌어안지도, 볼에 입을 맞추지도 않고 허리를 숙여 인사했다.

"새해 복 많이 받으세요, 미자."

데이브는 능숙하게 새해 인사를 건넨 후 엄마의

이름을 살갑게 불렀다. 전에 데이브가 엄마의 이름을 물어보았을 때 아무 생각 없이 알려준 유진의 잘못이었다.

당황한 유진과는 달리 엄마는 큰 소리로 웃었다.

"아이고, 잘생긴 남자가 이름을 불러주니까 좋네."

엄마는 유진에게 "너도 그렇게 불러, 미자라고" 하면서 다시 큰 소리로 웃었다.

데이브는 거실 한가운데 놓인 교자상 앞으로 안내되었다. 유진의 엄마가 명절에만 꺼내는 교자상 위는 이미 음식으로 가득했다. 동태전과 호박전, 동그랑땡, 산적 꼬치가 두 접시에 나뉘어 쌓여 있었고, 갈비찜과 잡채, 오징어초무침, 삼색나물, 양념게장 역시 각각 두 접시에 나뉘어 보기 좋게 담겨 있었다. 언니와 형부는 벌써 자리에 앉아 떡국에 숟가락을 꽂아놓은 채였다.

데이브가 앉자마자 유진의 엄마는 하얀색 사기 대접에 가득 담은 떡국을 건넸고, 그것을 신호로 유진의 가족들은 식사를 시작했다. 빨리 먹기 시합이라도 열린 것처럼 가족들은 떡국 국물을 후루룩, 잡채를 호로록 먹었다. 유진은 자신의 가족들이 식사하는 소리가 이렇게 요란했던가 내심 놀랐다.

"진짜 맛있어요. 진짜 감사합니다."

데이브의 말에 엄마는 한국어를 잘한다며 칭찬했다.

유진의 형부가 맥주병을 들고 데이브에게 "비어?" 하고 물었다. 데이브는 빙긋이 웃으며 자신의 자리에 놓여 있던 컵을 한 손으로 들었다. 유진이 얼른 데이브에게 한 손으로 술을 받으면 안 된다고 지적했고, 유진의 말을 알아들은 형부는 괜찮다면서 데이브에게 술을 따랐다.

"외국인이니까 괜찮지 뭘 그래?"

"아니에요, 미리 연습했는데 까먹은 거예요."

유진이 눈짓을 하자 데이브는 두 손으로 잔을 잡고 옆으로 고개를 돌려서 마셨다. 유진의 가족들이 웃음을 터뜨렸다.

"그러고 보면 한국 예절이 참 어려운 것 같아."

언니가 맥주를 마시면서 말했다.

"한국 와서 뭐가 제일 힘들어요? 호주랑 너무 달라서 이해 안 되고 그런 거 없어요?"

언니의 질문을 유진이 통역하자 데이브는 망설이지 않고 대답했다.

"한국 사람이 봐요."

"어딜 가도 사람들이 그렇게 쳐다본대."

유진은 데이브의 한국어를 다시 통역해야 했다.

"외국인이니까 쳐다보는 게 당연하지 않아요?"

데이브는 유진이 전한 언니의 말을 듣고 잠시 생각하다가 영어로 답했다.

"계속 뚫어져라 보는 거. 호주에서는 그러지 말라고 가르치거든. 실례라고."

"에이, 좋아서 그러는 거예요. 말 걸고 싶으니까."

"코리안 라이크 포리너."

형부가 말을 거들었다.

"왜 외국인 보면 꼭 가서 헬로라고 말 거는 애들 있잖아."

데이브는 유진의 통역을 차분히 들으면서 반박할 말을 준비하는 듯했는데 다행히 엄마가 대화를 끊었다.

"보니까 게장을 안 먹네. 먹어봐요, 맛있어."

유진의 엄마는 게장 접시를 데이브 앞으로 옮겼다.

"아니요, 안 먹어요."

데이브가 단호하게 대답했다. 유진은 데이브가 아직 단순한 한국어밖에 몰라서 세게 말하는 것처럼 들리는 거라고 대신 변명했다.

"게를 못 먹어?"

엄마의 질문을 데이브가 알아듣지 못했다면 좋았을 텐데. 불행히도 데이브는 엄마의 말을 재깍 알아듣고 한국어로 답했다.

"게를 먹어요. 하지만 이 음식은 안 먹고 싶어요."

언제 한국어 실력이 이렇게 늘었던가. 유진은 기가 찼다. 한국어 과정 1급을 다 마치지도 않은 데이브는 또박또박 말을 이어 나갔다. 발음도 정확하게.

"요리 안 했어요. 저는 안 먹어요."

"아냐, 요리한 거야."

유진의 엄마는 게장 접시를 데이브 쪽으로 더 가까이 밀면서 말했다.

"유진아, 이거 요리한 거라고 말해줘. 양념이 잘 돼서 엄청 맛있는데."

유진은 나지막하게, 그러나 충분히 협박과 강요로 느껴질 정도로 목소리를 깔고 영어로 말했다.

"어제부터 양념에 재워놓은 거야. 생게하고는 달라. 그러니까 먹어봐. 먹어보고 말해."

"아니, 익히지 않은 거잖아. 생게는 먹어본 적도 없고, 먹고 싶지도 않아. 나는 먹지 않을 거야."

"이거 먹는다고 안 죽어. 엄마가 저렇게 권하는데 맛이라도 봐."

"먹고 싶지 않은 걸 왜 먹으라고 강요하는 거야?"

유진은 데이브와 2년이 넘게 연애했고, 데이브의 고집을 꺾을 방법이 없다는 것을 잘 알고 있었다. 그래서 유진은 양념게장 접시를 자신의 앞으로 당겨와 게장 몸통을 손으로 들고 먹어 치우기 시작했다.

이렇게 맛있는 걸 안 먹는 건 네 손해지.

유진은 엄마를 향해 양념이 잔뜩 묻은 엄지손가락을 치켜세웠다.

"엄마, 이거 진짜 맛있다. 정말 양념이 잘됐네."

*

상을 치운 후에 엄마는 귤을 소쿠리에 가득 담아 내왔고, 언니는 텔레비전을 켰다. 유진의 가족들은 모두 바닥에 앉아 귤을 까먹으면서 언니가 채널을 이리저리 돌리는 걸 지켜봤다.

데이브는 소파에 앉아 있었고, 배부르다며 귤을 먹지 않았다. 유진의 엄마는 지치지도 않고 몇 번이고 귤이 아주 달다고 먹어보라고 권하다가 먹히지 않자 귤 몇 개를 데이브의 옆에 내려놓았다.

"명절이면 외국인 노래자랑이나 외국인 퀴즈쇼 같은 거 하잖아."

유진의 엄마는 데이브 보여주면 좋겠다면서 채널을 잘 찾아보라고 했다.

"외국인 퀴즈 쇼 있어요?"

"그래, 데이브도 나가보면 좋겠다. 한국어 공부 열심히 해서."

데이브의 질문에 엄마가 답하며 뒤돌아 데이브의 무릎을 두드렸다.

유진은 식사 자리부터 엄마가 데이브에게 은근히 말을 놓는 걸 의식하고 있었다. 형부와 언니는 결혼한 지 3년이 넘었는데 엄마는 형부에게 실수로라도 반말을 한 적이 없었다. 그런데 데이브와 두 번째 만난 날, 2분 정도 마주친 것을 제외하면 처음 만난 건데 그런 사이에 반말을 쓰는 것을 어떻게 받아들여야 할지 알 수 없었다.

엄마가 데이브에게 무례한 걸까? 아니면 그저 격식 없이 편하게 대하는 걸까? 둘 중 어느 것이 되었든 이유는 데이브가 외국인이라는 데 있을 거였다.

상대가 외국인이라서 무례해지거나 또는 편해지는 건 도대체 왜일까?

유진이 생각에 몰두한 사이 언니가 리모컨을 내려놓았다.

"재밌는 거 하나도 안 하네."

언니가 고른 채널에서는 유진이 이미 본 드라마를 연속 방송하고 있었다. 언니는 설날에 왜 이렇게 볼 게 없느냐고 투덜대면서 드라마를 봤고, 엄마도 외국인 퀴즈 쇼는 잊은 채 드라마에 집중하는 듯했다.

데이브가 툭툭 유진을 쳤다. 유진이 돌아보자 데이브는 소파 위 벽에 걸린 캔버스를 가리켰다. 캔버스에는 유진의 전 연인이 뭉개진 모습으로 서 있었다.

유진은 그 그림을 오랜 시간에 걸쳐 공들여 그렸고, 완성한 후에 모두 뭉개버렸다. 그리고 그렇게 뭉개진 그의 모습이야말로 자신이 말하고 싶었던 거라는 확신이 들었다. 그러니까 그게 '본질'이었다.

그 이후로 유진은 같은 작업을 몇 년간 이어 나갔다. 뭉개버릴 그림을 애써 그리는 시간과 애써 그린 그림을 다 뭉개버리는 시간이 고통스러웠지만, 보이지 않는 무언가와 싸우는 것처럼 계속했다. 그때는 그랬다.

"이거 네 그림이지?"

유진은 대충 끄덕이고 다시 텔레비전으로 시선을 돌렸다. 드라마에서는 남자 주인공이 여자 주인공을 노려보며 악을 쓰고 있었다. 유진은 이미 본 것인데도 그 장면이 낯설게 느껴졌다.

"아름답다."

데이브가 중얼거리는 소리가 들렸다. 유진은 계속해서 드라마에 집중하려 했지만 등 뒤에서 데이브가 그림을 보는 것이 신경 쓰였다. 당장이라도 캔버스를 잡아떼고는 그만 보라고 소리치고 싶었다.

유진은 엄마를 원망했다. 벌써 몇 번이나, 그리고 오늘 아침에도 그림을 떼자고 했으나 엄마는 단호했다. 유진은 자신의 그림을 매일 보는 것이 싫었고, 그래서 엄마가 집에 없을 때 직접 뗀 적도 있었다. 그러면 엄마는 유진의 다른 그림을 다시 걸었다. 자신의 그림을 차마 버리지는 못하는 유진 덕에 엄마는 언제든 베란다에서 대체물을 찾을 수 있었다.

유진이 자신의 그림을 보기 싫어한다는 것을 누구보다 잘 아는 엄마였다. 일부러 괴롭히려고 그림을 거는 걸까, 라는 생각이 들기도 했다. 설사 그렇다고 해도 유진이 할 수 있는 건 아무것도 없었다. 엄마에게는 그럴 권리가 있었다. 유진을 미워하고, 원망하고, 오랜 시간 괴롭힐 권리가.

*

유진이 고등학교 2학년 때 담임선생님이 학부모 상담에 오지 않은 유진의 엄마에게 전화를 걸었다. 그녀는 유진의 재능을 썩히기 너무 아까우니 미대 진학을 진지하게 고민해보시라고 했다. 성적이 우수했고, 학교에서 별다른 문제를 일으킨 적이 없는 유진이었기에 학교생활에는 큰 관심이 없던 엄마는 고민에 빠졌다.

유진은 엄마에게서 이야기를 전해 듣고 괜찮다고, 신경 쓰지 말라고 했다. 유진은 자신의 말이 진심이라고 믿었다. 그런데 엄마가 알겠다고 하자 자신도 모르게 눈물을 흘렸다.

당황한 유진은 눈물을 훔치며 "왜 이러지? 아냐, 엄마. 진짜 괜찮아"라고 했지만 눈물은 멈추지 않았다. 유진의 미대 입시는 그렇게 시작되었다.

남들보다 늦게 미대 입시 준비를 시작했으므로 유진은 잠을 줄여가며 그림을 그렸다. 잠을 줄인 건 유진만이 아니었다. 엄마도 추가 수당을 받기 위해 야근을 하고 밤늦게 집에 들어올 때가 많았다. 그러나 유진의 엄마가 아무리 야근을 해도 미대 입시 비용을 대는 것은 무리였다. 엄마는 곗돈을 미리 타고, 친척들에게 돈을 빌렸다. 유진은 자주 엄마가 전화로 아쉬운 소리를 하는 것을 들었다. 그런 전화에서 유진은 미술 천재로 불렸다.

대학에만 가면.

유진은 엄마가 힘들어 보일 때마다 반복해서 말하곤 했다. 대학에만 가면 학자금 대출을 받고 아르바이트를 할 거니까 돈 걱정 안 해도 된다고. 첫 학기에는 유진의 말이 맞는 듯도 했다. 그러나 유진이 유화로 방향을 정한 후부터는 아르바이트 급여로는 물감값도 댈 수 없었다. 유진의 엄마는 일을 더 늘리고 돈을 더 빌렸다.

유진의 담당 교수는 유진이 동기 중에서 제일 먼저 A급 갤러리에서 전시를 따낼 거라고 했다. 그 말에 반발하는 동기는 없었다. 교수의 말과 동기들의 반응은 유진의 엄마에게 조금 부풀려져서 전달되었다. 유진과 엄마는 그 말을 믿었다. 그러나 결국 그 말은 이루어지지 않았다.

졸업 후에 미술학원에서 일하며 학자금 대출을 청산한 후에 유진은 도망치듯 호주로 향했다. 돌아올 계획 같은 건 하지 않았지만 돌아오게 되었고, 같은 미술학원에서 일하게 되었다.

학생들의 이젤 사이를 걸어 다니다 보면 문득 심장이 아래로 툭 떨어지는 느낌이 들 때가 있었다. 그럴 때면 '지금 내가 뭘 하고 있지?'라는 목소리가 메아리처럼 울렸고, 곧이어 데이브를 처음 만났던 날이 떠올라 씁쓸하게 웃었다. 그때 유진은 데이브에게 답을 주고 싶었다. 그러나 지금은 스스로에게조차 답할 수 없었다.

데이브는 여전히 그런 생각을 할까? 매일같이 길을 잃어버린 느낌에 사로잡히고, 도무지 답을 찾을 수 없어서 괴로울까?

유진과 데이브는 연인이 된 후에 그것에 대해 이야기하지 않았다. 데이브가 먼저 이야기하지 않았으므로 유진도 묻지 않았다. 사실 데이브가 그렇다고 대답할까봐 두려워서 묻지 못했다. 유진과 함께 밥을 먹으면서, 섹스를 하면서, 같이 잠을 자면서, 사랑한다는 말을 나누면서도 지금 뭘 하는 건지 생각할까봐. 자신을 괴롭혔던 일을 그만두고, 태어나고 자란 나라를 떠나 바다를 건너왔는데도, 그런데도 여전히 같은 생각에 시달릴까봐.

*

월미도 나들이는 형부의 아이디어였다.

언니가 다시 텔레비전 채널을 돌리다가 차라리 밖에 나가자고 했고, 형부가 기다렸다는 듯이 월미도에 가자고 답했다.

"거기 외국인도 많이 와. 데이브가 구경하기도

102

좋을 거야."

"그래, 월미도 좋네."

언니가 형부의 말에 맞장구를 쳤다.

"근데 설이라 다 문 닫지 않았을까?"

형부는 요즘은 설에도 다 장사한다고 호기롭게
대답했다.

"데이브한테도 바다 구경시켜줘야지. 겨울 바다
만큼 한국적인 게 또 없잖아."

형부의 말에 유진은 대학에 다닐 때 연인과 정
동진으로 새해 일출을 보러 갔던 경험을 떠올렸
다. 얼굴이 다 찢기는 것 같은 바닷바람을 맞으면
서 여행을 제안한 그를 죽이고 싶다고 생각했었
다.

"겨울 바다 안 가보셨죠? 얼어 죽어요."

"에이, 가봤지. 정동진에서 일출도 봤는데. 해 떨
어지면 추운데 지금 얼른 가면 괜찮을 거야. 오늘
날씨도 푸근하잖아."

형부의 말이 맞았다. 그날은 오랜만에 기온이
영상으로 올라 다들 설 같지 않다고 말하던 차였
다. 유진이 마지못해 끄덕이자 형부가 일어서며

바로 가자고 외쳤다. 언니도 얼른 따라 일어나 겉 옷을 챙겨 입으러 방으로 들어갔다.

유진은 데이브에게 나가기로 했다고 말했다.

"어디로?"

"바다."

"지금?"

"응."

데이브는 설명을 더 원하는 얼굴로 유진을 바라 봤지만 유진은 덧붙일 말이 없어서 그저 호주 사 람처럼 양쪽 어깨를 으쓱해 보였다.

유진의 엄마는 플라스틱 통 세 개에 과일을 나 눠 담았다. 유진과 언니가 그럴 필요 없다고 몇 번 을 말해도 소용없었다.

"차는 한 시간도 안 탄다니까?"

엄마가 찬장에서 통 하나를 더 꺼내는 것을 보 고 유진이 기겁하며 말했다.

"거기 가서 먹으면 되지."

"거기 먹을 게 얼마나 많은데."

"돌아오는 길에 먹어도 되고. 다 먹게 돼 있어."

엄마는 유진을 돌아보지도 않고 고집스럽게 잡채와 전을 통에 쑤셔 넣었다. 그러고는 형부의 차에 타자마자 통을 무릎 위에 올려놓고 뚜껑을 열었다. 뒷자리에 같이 앉은 유진과 데이브는 전을 하나씩 입에 물어야 했다. 조수석의 언니에게는 운전하는 형부의 입에 넣어줄 과일이 두 통이나 전달되었다.

"이렇게 가족끼리 놀러 가니까 좋네."

엄마가 잡채를 호로록 먹으면서 말했다.

"그러게요, 빨리 진짜 가족이 되면 좋겠네요. 둘은 언제 결혼해?"

형부가 룸미러로 유진과 데이브를 바라보며 물었고, 유진이 입을 열기도 전에 데이브가 먼저 대답했다.

"결혼 안 해요."

"아, 당장은 아니라는 뜻이야. 천천히 생각해봐야지."

유진이 서둘러 덧붙였다. 데이브가 결혼 제도를 싫어한다는 사실을 설날에 월미도로 가는 차에서 가족들과 공유하고 싶진 않았다.

"그래도 얼른 애 낳고 살아야지. 너희가 애를 낳으면 얼마나 예쁘겠어. 튀기잖아."

엄마의 말에 유진은 웃음을 터뜨렸다.

"튀기가 뭐야. 아예 딸을 양공주라고 부르지 그래."

형부와 언니도 웃었다. 엄마가 튀기는 나쁜 말이 아니라고 항변했다. 데이브가 왜 웃냐고 유진에게 물었고, 유진은 아무것도 아니라고 답했다.

"그냥 바보 같은 한국식 농담이야."

*

월미도 유원지는 설인데도 놀이기구를 모두 운행하고 있었고, 사람이 북적였다.

엄마의 성화에 유진은 데이브와 바이킹을 탔다. 놀이기구를 좋아하지 않는 유진은 덜컹거리는 안전 바를 붙잡고 삼지창을 든 포세이돈을 노려보았다.

"고마워, 유진."

데이브가 다정한 목소리로 말했다.

"뭐가?"

"가족 소개했어."

데이브의 어색한 한국어 인사에 유진은 그의 가족을 처음 만나고 온 날을 떠올렸다. 그때도 데이브는 고맙다고 했었다. 유진은 그때도 지금도 뭐가 고마운 건지 알 수 없었다.

사실 그건 데이브의 습관에 가까웠다. 데이브는 유진이 옆에 있는 리모컨을 건네줘도 고맙다고 했다. 유진이 요리라도 해주는 날에는 냉장고를 뒤적일 때부터 상을 차릴 때, 첫술을 뜰 때, 식사를 마칠 때는 물론이고 데이브가 설거지를 마친 후에까지 고맙다는 인사를 반복적으로 들어야 했다. 한국에 와서 유진이 데이브를 대신해 잡다한 일을 처리할 때마다 데이브는 정말이지 고맙다며 유진을 천사라고 불렀다.

그렇게 고맙다는 말을 많이 들었는데도 유진은 새삼 마음이 이상해졌다. 그러나 이내 바이킹이 움직이기 시작했고, 유진은 공포에 질려 데이브의 말과 자신의 마음에 대해 곧 잊어버렸다.

다리를 후들거리며 바이킹에서 내리니 가족들이 어디 갔는지 보이지 않았다. 데이브와 유진은 바다를 향해 걸었다. 선착장에 다다랐을 때까지도 아무도 찾을 수 없어 유진은 언니에게 전화를 걸었다. 언니는 바다 구경을 하고 있다며 선착장으로 갈 테니 기다리라고 했다.

"우리도 바다 구경하고 있자."

둘은 난간을 따라 걸었다. 바다에서 불어오는 바람이 차가웠지만 얼굴이 찢어질 정도는 아니었다.

데이브가 갑자기 걸음을 멈췄다. 그의 손가락이 가리킨 곳에 검은색 기념비가 서 있었다. 인천상륙작전 상륙 지점이라는 설명이 한국어와 영어로써 있었다. 유진은 월미도에 여러 번 왔지만 기념비를 한 번도 본 적이 없었다.

"대체 언제부터 여기 있었던 거지?"

유진이 의아해하며 기념비를 한 바퀴 도는 동안 데이브는 짤막한 영어 설명을 읽었다. 그러고는 유진에게 인천상륙작전에 대해 질문을 쏟아붓기 시작했다. 유진은 나도 잘 모른다고 대답했다. 데이브의 질문에 응수했다가는 한도 없이 길어질 거라는 걸 알았다. 데이브는 한국 역사와 정치에 관심이 많았고, 유진이 살면서 한 번도 궁금해한 적이 없는 것들을 묻고는 했다.

유진이 대답을 해주지 않자 데이브는 곧장 핸드폰을 꺼내 들었다. 얼마간 바쁘게 손을 움직이더니 감탄사를 내뱉으면서 유진에게 인천상륙작전에 대해 줄줄 읊기 시작했다.

"간만의 차가 심해서 상륙작전을 할 수 있는 날이 사흘밖에 없었대. 그때를 놓치면 또 한 달을 기다려야 하고. 그리고 그 사흘간도 아침과 저녁 딱두 번, 각 세 시간밖에 없었대. 그래서 반대가 심했는데 맥아더 장군이……."

"응, 우리도 학교에서 다 배웠어."

유진은 간만의 차라든지 사흘밖에 시간이 없었다든지 하는 것은 알지 못했으면서도 데이브의 말을 자르기 위해 그렇게 말했다.

"진짜 극적이다, 그치?"

"전쟁이 다 극적이지, 뭐."

유진은 어딘지 마음이 뒤틀려 퉁명스러운 목소

리로 답했다. 데이브는 유진의 반응에 아랑곳하지 않고 바닷바람에 빨개진 볼과 코를 하고서 맥아더에 대한 검색을 계속했다.

"와, 이거 들어봐봐. 이 전쟁 영웅이 전에는……."

"야, 말은 똑바로 해."

유진은 자기도 모르게 발끈해서 소리쳤다.

"미국 때문에 하게 된 전쟁인데 미국이 와서 도와줬다고 영웅이라고 불러야 해?"

데이브는 머쓱한 얼굴로 유진을 바라보았다.

"미안, 몰랐네."

그때, 데이브의 손가락이 다시 바쁘게 움직이는 핸드폰 화면으로 작은 눈송이가 떨어졌다. 유진은 고개를 들었다. 흐린 하늘에 희미하게 눈발이 날리고 있었다.

*

"데이브, 눈 온다!"

서울에 눈이 오던 밤, 유진은 데이브에게 전화

해 소리쳤다.

　데이브는 옥상 난간에 기대 눈을 맞고 있다고 했다. 유진은 친구와 일본식 선술집에서 창밖으로 눈이 쏟아지는 것을 보고 있었다. 첫눈은 아니었지만 그런 함박눈은 올겨울 처음이었고, 데이브가 제대로 눈이 내리는 것을 볼 수 있을 거라는 생각에 유진은 들떴다.

　"예쁘다."

　데이브는 언덕 아래로 펼쳐진 주황색 불빛들 사이로 눈송이가 떨어지는 것을 보고 있을 거였다. 유진은 잠시 데이브가 보고 있을 풍경을 상상했다.

　전화를 끊고 유진은 바에서 어묵을 집어 들고 따뜻한 정종을 한 잔 더 주문했다.

　"너 어묵을 영어로 생선케이크라고 하는 거 알지. 꼭 생선을 케이크처럼 쌓아놓은 거로 들리지 않아?"

　유진은 흐물흐물해진 어묵을 입에 물고 말했다.

　"그리고 붕어싸만코가 외국인들한테는 생선아

이스크림으로 보인다는 거 알아? 붕어빵은 생선
빵이고."

"에이, 고양이 모양 과자에 고양이 넣었다고 생
각 안 하잖아. 붕어빵도 그냥 귀여운 모양으로 생
각하겠지. 설마 진짜 생선을 넣었다고 생각할까."

"진짜야. 데이브가 그렇게 묻더라고. 생선 들어
간 거냐고. 생선케이크를 먹으니까 생선아이스크
림이랑 생선빵도 먹는다고 생각하나봐."

친구가 "헐" 하며 웃자 유진은 신이 나서 말을
이었다.

"데이브가 요즘 한국어를 곧잘 하거든. 이제 기
본적인 말은 얼추 알아들어. 지난번에는 방에 누
워 있는데 옆집에서 싸우는 소리가 들렸나봐. 어
떤 아줌마가, 고마워! 아주 고마워! 하고 악에 받
쳐서 소리를 질렀대. 그걸 알아듣고 나한테 매일,
아주 고마워! 하고 소리 질러. 너무 웃기지."

유진이 낄낄대면서 데이브 이야기를 한참 더 했
고, 친구는 같이 웃으면서 데이브 한번 보고 싶다
고 했다. 예의상 한 말이라는 걸 알면서도 유진은
냉큼 "불러볼까?" 말했다.

"됐어, 너무 늦었어."

친구의 말에 유진은 오기가 생겼다. 지금까지
없던 오기였다. 호주에서부터 한국까지 유진은 단
한 번도 데이브를 밤늦게 불러낸 적이 없었다. 단
한 번도 그런 적 없으니 오늘 밤은 그래도 되지 않
을까, 그런 생각이 들었다. 한 번쯤은 요구할 수도
있는 것 아닐까, 한 번쯤은 들어줄 수도 있는 것 아
닐까, 그런 생각.

지금 오면 유진의 친구를 소개받을 수 있고, 같
이 눈도 볼 수 있고, 생선케이크와 정종도 먹을 수
있으며, 늦은 밤 술 취한 여자 친구를 안전하게 집
까지 데려다줄 수도 있다.

유진은 만류하는 친구를 뿌리치고 전화를 걸었
다.

데이브는 단번에 거절했다.

"지금 가면 돌아올 교통편도 없어."

"택시 타면 되지."

"내가 그곳에 갔다가 너희 집에 갔다가 다시 우
리 집에 오라는 거잖아, 지금. 너는 집까지 한 번이

면 가는데 나는 세 번이나 움직여야 해. 너무 불합리하지 않아?"

"위험한 밤길을 여자 친구가 혼자 걸을 생각을 하면 걱정도 안 돼?"

"왜 걸어? 택시 탈 거 아냐?"

"택시도 그렇지! 술 취한 여자 친구가 택시를 타는 게 넌 진짜 아무렇지도 않아?"

"택시도 혼자 못 탈 정도로 술에 취한 건 아니잖아. 목소리도 멀쩡한데."

"술을 많이 안 마셨어도 시간이 늦었잖아. 밤에 여자가 혼자 다니는 게 위험하다는 걸 정말 몰라서 그러는 거야?"

"그럼 왜 위험한 시간까지 술을 마셨어? 왜 자기 자신을 스스로 책임지지 못하는 상황으로 몰아넣지? 그리고 그게 왜 내 책임이 되는 거야? 네가 밤늦게까지 술을 마신 게 내 책임이야?"

그래, 네 말이 다 맞다, 다 맞아. 유진은 전화를 끊어버렸다. 친구가 말없이 정종을 한 잔 더 주문해서 유진의 앞에 놓았다.

유진이 전에 사귀던 남자들은, 그러니까 한국

남자들은 언제든지 유진을 데리러 왔다. 한 시간을 운전해 유진을 데리러 와서 데이트를 마친 후 다시 유진을 데려다주고 한 시간을 운전해서 집으로 갔다. 차가 없었던 남자 친구는 막차를 놓쳐서 PC방에서 밤을 새우고 첫차를 타고 가는 한이 있더라도 유진을 바래다줬다.

데이브의 말대로 불합리했다. 그래서 유진은 전 연인들에게 먼저 요구하지 않았고, 때로 데려다주지 않아도 된다고 실랑이를 벌이기도 했다. 그러나 그들은 모두 사랑해서 그러는 거라고 했다. 유진을 사랑해서 걱정되고, 걱정되니 보살펴주는 거라고.

사랑이 그렇게 쓸모없고 비이성적이고 불합리한 거라고 유진은 한때 생각했었다.

화가 난 유진은 택시를 타고 데이브의 옥탑방 주소를 댔다. 눈은 멈춘 후였고, 데이브와 함께 눈을 보고 싶던 유진의 마음도 사라진 후였다. 그러나 길에 얼어붙은 눈은 사라지지 않았고, 언덕 아래 도착한 택시 기사는 가파르고 좁은 오르막길을

못 올라간다고 했다. 결국 유진은 택시를 돌려 집
으로 향해야 했다.

유진은 돌아오는 택시 안에서 울지 않기 위해
애썼다. 애처럼 굴었다고 자책하지 않기 위해 애
썼고, 바보 같다고 스스로 상처 내지 않기 위해 애
를 썼다.

아파트 단지는 고요했다. 화단의 나무에 눈이
소복이 쌓여 있었다. 유진은 손으로 나무에 쌓인
눈을 털어냈다. 눈이 하얀 가루가 되어 차가운 공
기 중에 날렸다. 유진은 여전히 애쓰고 있었다.

*

"바다까지 왔으니 회 먹어야지."

"무슨 소리야, 관광지 횟집은 가는 거 아냐."

"그럼 배 타고 영종도 들어가서 조개구이 먹으
면 되겠네."

"추워 죽겠는데 무슨 배야? 그냥 근처에서 먹자."

"관광지 식당 가지 말자며."

"차이나타운 갈까?"

"차이나타운은 관광지 아니냐?"

"아니지, 거기는 맛집 거리? 뭐 그런 거지."

"차이나타운 갈 거면 신포시장 가는 게 낫지. 그때 먹은 닭강정 기억나?"

"거긴 줄 서야 되잖아. 다섯 명이 줄 서서 기다리자고?"

오랜 대화 끝에 언니와 형부는 차이나타운의 유명하지 않은 중식당으로 합의를 봤다. 엄마와 유진은 어디든 들어가서 먹으면 그만이라 알겠다고 했고, 데이브도 중식당에 가기로 했다는 말에 알아들었다고 대답한 게 다였다.

*

해물누룽지탕과 유린기, 찹쌀탕수육이 유니짜장면, 삼선짬뽕과 함께 네모난 식탁에 놓였다. 형부는 아무도 묻지 않았는데 운전해야 해서 술은 안 마실 거라고 선언했다. 그러나 누룽지탕을 한 입 먹고는 한 잔만 마셔야겠다며 고량주를 주문했다.

투명하고 넓적한 병과 하얀 사기잔이 나오자 형부가 데이브에게 잔을 건넸고, 데이브는 받지 않았다.

"저는 소주를 안 좋아해요."

"이건 소주 아니에요, 고량주예요. 중국 술."

"중국 술을 안 마시고 싶어요."

"소주랑은 다른데? 이건 달달하니 맛있어요. 다음 날 숙취도 없고."

"아니요, 괜찮습니다."

"딱 한 잔만 먹어보면 알 텐데."

유진은 데이브의 단호한 거절과 형부의 지치지 않는 권유를 들으며 양념게장을 떠올렸고, 같은 장면이 끝없이 반복되는 악몽을 꾸는 것처럼 느껴졌다. 악몽을 끝내기 위해, 혹은 완성하기 위해 유진은 형부에게 손을 내밀었다.

"제가 마실게요."

유진이 형부와 고량주를 마시는 동안 데이브는 천연덕스럽게 종업원을 불러 맥주를 주문했다. 초록색 병에 담긴 중국 맥주를 마시면서 데이브는 인천상륙작전 기념비 이야기를 다시 꺼냈다.

"혹시 너희 가족들도 봤는지 물어봐봐."

데이브는 유진에게 통역을 부탁하며 한국전쟁에 대해서 알아낸 흥미로운 사실들을 가족들과 같이 이야기하고 싶다고 했다. 가족들의 생각이 궁금하다는 거였다.

유진은 이번에도 기시감에 사로잡혀서 손을 휘저었다.

"그런 얘기 하지 마. 한국 사람들은 한국전쟁 이야기 별로 안 해."

"왜?"

"글쎄……. 좋은 이야기가 아니니까?"

유진은 잠시 생각한 후에 말을 이었다.

"전쟁이란 게 기념할 만한 건 아니잖아. 잊고 싶은 게 당연하지."

"한국전쟁은 얼마 되지도 않았잖아?"

데이브가 눈을 크게 뜨면서 묻는 게 얄미워서 유진은 쏘아붙였다.

"그러니까 더더욱. 너희 나라는 전쟁을 안 겪어봐서 모르겠지."

유진의 말에 데이브는 자신의 할아버지가 두 차

례의 세계대전에 모두 참전했다며 불쾌한 기색을 드러냈다.

"그럼 더 잘 알겠네. 전쟁 얘기를 해서 뭐 해?"

"기억해야지."

"뭘 기억해? 맥아더? 전쟁 영웅? 까놓고 말해서 전쟁에서 사람 더 많이 죽인 게 영웅 아냐? 전쟁이란 게 그런 거잖아. 그걸 기념하고 자랑스러워하는 게 말이 돼?"

"나는 전쟁이 자랑스럽다고 말한 적 없어. 네 말대로 많은 사람이 죽었으니까 더욱 기억해야 한다고 생각할 뿐이야. 우리 가족은 할아버지가 세계대전에 참전한 이야기를 자주 해."

"너희 할아버지는 살아남았으니까 죽은 사람들 이야기를 편하게 할 수 있겠지."

유진과 데이브는 서로 노려보았다. 유진의 엄마가 무슨 얘기를 그렇게 하느냐고 밥이나 먹으라고 했지만 둘은 멈추지 않았다.

"우리 엄마는 전쟁 유복자라 할아버지 얼굴도 못 봤어. 그런 엄마한테 한국전쟁 이야기를 하면 참도 좋아하시겠다."

"아, 유진. 비꼬지 마. 우리 할아버지도 전쟁에서 가스를 맞고 눈이 멀었어."

"그래도 살아남으셨잖아. 지금 그걸 죽은 사람하고 비교하는 거야?"

"네가 먼저 비교했잖아. 우리 할아버지가 참전한 게 아무것도 아닌 것처럼. 네가 하는 대로 고통의 양을 따지자면 양차 대전에 모두 참전한 우리 할아버지가 더 고통스러웠을 수도 있지."

"지금 고통 시합하자는 거야? 어디 한번 겨뤄봐, 그럼? 우리 할아버지는 임신한 아내를 두고 죽었어. 그럼 할아버지뿐만이 아니라 남은 가족들 고통까지 더해야지."

"그런 고통에 대해서 기억하는 게 잘못된 거야?"

"기억하는 게 고통스러우니까 그렇지. 죽은 사람을 잊지 못하는 게 얼마나 큰 고통일지 생각해봤어?"

"그럼 죽은 사람을 잊어버리는 게 맞는 거야? 죽은 사람도, 죽인 사람도 다 잊어버려야 돼?"

데이브와 유진이 점점 언성을 높이자 언니가 둘

의 주의를 끌려는 듯 손뼉을 두 번 쳤다.

"그만, 그만."

"음식 다 식어. 우선 먹어."

형부까지 가세해 둘을 말렸다. 유진이 씩씩거리며 젓가락으로 개인용 접시에 놓인 음식을 휘젓는 동안 데이브는 태연하게 중국 맥주를 한 병 더 주문하고는 유린기와 찹쌀탕수육에 짜장과 짬뽕까지 골고루 먹었다.

유진은 데이브가 괘씸해서 견딜 수 없었다. 그리고 아까 느꼈던 기시감의 정체를 알아차렸다. 데이브 부모의 집에서 세계대전에 대해 이야기를 나누었던 게 기억났다. 바다가 보이는 통창과 고급 가구들 사이에서 세계대전과 난민에 대해 이야기하면서 이질감과 알 수 없는 불쾌감을 느꼈었는데 그게 뭐였는지 이제야 알 것 같았다.

*

"술도 깰 겸 찜질방 어때요?"

중식당 앞에 서서 형부가 불쾌한 얼굴로 말했

다. 데이브와 유진이 다투는 동안 고량주를 몇 잔
더 마신 모양이었다. 평소라면 대리를 부르라고
했을 유진의 언니도 그날은 별말 없었다.

"그래, 날도 춥고. 뜨거운 물에 몸 좀 지지고 가
자."

빨리 집에 가고 싶었던 유진은 데이브가 불편해
할 거라고 말했다.

"찜질방 외국에는 없어. 문화 충격일 거야."

유진의 말에 엄마가 데이브를 향해 "사우나, 오
케이?"라고 물었다. 데이브는 호기롭게 "네!"라고
대답했다.

"엄마 말은 사우나에 다 같이 가자는 거야. 지금
여기서."

"알아."

데이브는 유진을 바라보지 않고 대답한 후, 엄
마에게 다시 한 번 한국어로 말했다.

"저는 사우나에 가고 싶어요."

*

　유진의 엄마는 하얀색 타일이 깔린 열탕에 앉아 아까는 왜 그런 거냐고 물었다.

　"한국전쟁 얘기하다가. 잘 알지도 못하면서 자꾸 아는 척하잖아."

　"아이고, 참 싸울 것도 많다."

　엄마는 웃으면서 유진에게 물을 끼얹었다. 뜨거운 물이 유진의 가슴과 어깨에 닿았다. 유진의 언니가 뒤늦게 열탕에 들어오며 데이브가 성격이 괜찮은 것 같다고 말했다.

　"도대체 뭐가? 고집 센 거 못 봤어?"

　"고집이야 네가 더 세지. 근데 사람이 잘 웃고 우리랑 말도 안 통하는데도 계속 말 붙이고. 성격 좋아 보이던데?"

　"난 그게 더 싫어. 싸우고 저렇게 혼자 아무렇지 않게 구는 거."

　"야, 그럼 너처럼 죽상 하고 있는 게 좋냐? 아까 딱 봐도 네가 먼저 시비 걸던데."

　유진의 엄마가 가슴 아래부터 붉게 달아오른 몸

으로 열탕에서 냉탕으로 옮겨 갔다. 유진과 언니
도 엄마를 따라 냉탕으로 건너갔다. 셋은 몇 번 발
장구를 치다가 다시 열탕으로 옮겼다. 건식 사우
나와 습식 사우나를 거쳐 다시 냉탕으로 옮길 때
까지도 유진의 언니는 데이브가 서글서글하니 마
음에 든다고 칭찬했다.

"외국인이라 걱정했는데……."

"그러게, 근데 한국말을 어떻게 그렇게 금세 배
웠대? 한국에 온 지 얼마 안 됐잖아. 머리가 똑똑
한가봐."

엄마도 언니에게 동조하자 유진은 "나만 빼고
다 좋구나"라고 투덜거리며 냉탕 안에서 잠수를
했다. 땀이 흐르던 몸이 차가운 물에 빠르게 식었
다. 유진은 몸을 부르르 떨면서 제일 먼저 냉탕에
서 나갔다. 그런 후 탈의실 쪽 유리문으로 벽시계
를 확인하고는 나가야 한다고 소리쳤다. 사우나
출구에서 만나기로 한 시간이 다 되어 있었다. 데
이브가 젖은 머리로 찬 바람을 맞으며 형부와 어
색하게 서 있을 거란 생각에 유진은 엄마와 언니
를 기다리지 않고 먼저 탈의실로 나가 옷을 갈아

입었다.

2018년 8월, 태즈메이니아의 겨울

2016년 크리스마스, 데이브의 여동생 로렌과 그녀의 여자 친구 줄리엣이 데이브의 가족들과 유진을 호주의 남쪽 섬, 태즈메이니아로 초대했다. 호주의 명절인 크리스마스도 함께 보낼 겸, 한 번도 안 가본 태즈메이니아 구경도 할 겸 데이브와 유진은 흔쾌히 호주로 향했다. 데이브의 아버지와 어머니도 시드니에서 합류했고, 총 여섯 명이 로렌과 줄리엣의 집에서 일주일간 묵으며 여행을 했다.

유진은 데이브의 가족을 따라 온통 이끼로 뒤덮인 숲길을 걸었고, 기다란 갈색 털이 눈을 뒤덮은 셰틀랜드 황소가 느릿느릿 걸어 다니는 초원을 보았다. 돛을 내린 나무배가 묶여 있는 항구에서 우스터소스를 뿌린 굴 요리를 먹은 후에 와인 잔 모양으로 바닷물이 들어온다는 만을 구경하기 위해 산을 올랐다. 너른 초원 위의 고성처럼 보이는, 감옥으로 쓰였던 포트 아서의 사진을 찍고, 히피들이 바이올린을 켜면서 노래를 부르는 살라만카 시장에서 나무 조각품을 산 후 어두운 지하 미로처럼 설계된 거대한 미술관에서 잠시 길을 잃었다.

로렌과 줄리엣은 번갈아 비건 요리를 만들어 단순하지만 푸짐한 저녁을 차렸고, 데이브의 가족들과 유진은 각자 접시에 덜어 뒷마당에 나가서 먹었다.

키가 작은 나무가 빼곡하게 감싸고 있는 푸른 정원에서 로렌의 단호박찜이나 줄리엣의 피망 리소토를 먹고 있으면 토끼가 한두 마리, 어느 날은 서너 마리까지 나타났다. 집과 뒷마당을 연결하는 미닫이 유리문 안쪽에 놓인 바구니에는 언제나 당근이 가득했고, 로렌은 저녁 식사와 함께 당근을 가지고 나와 잔디밭에 내려놓았다.

하루는 로렌이 구운 당근케이크를 디저트로 먹고 있었다. 그날도 어김없이 토끼 두 마리가 나타나 그들의 발 옆에서 당근을 갉아 먹었다. 유진은 여덟 생명체가 동그랗게 앉아 당근을 나눠 먹고 있다는 사실을 깨닫고 기분이 이상해졌다.

디저트 접시를 모두 비우고, 로렌이 얼음을 가득 담은 버킷 안에 꽂아놓은 샤르도네 와인병을 들어 데이브에게 따라주며 말했다.

"여긴 히피가 많아. 시장에서 봤어?"

"지금도 보고 있는데."

데이브가 턱으로 로렌을 가리켰다. 로렌은 양갈래로 땋은 머리에 헐렁한 하얀색 레이스 원피스를 입고 있었다.

"나는 흉내만 내는 거지."

유진은 살라만카시장에서 본 히피 이야기를 꺼냈다. 한껏 엉킨 머리에 옥색 보석이 달린 가죽끈 목걸이를 하고 바이올린을 켜던 여자의 겨드랑이에 털이 수북했다.

"맞아, 나는 아직 멀었어."

로렌이 팔을 들어 올려 깨끗하게 제모한 겨드

랑이를 보여주었다. 데이브의 가족들이 모두 웃었다. 유진은 자기도 모르게 봐버린 로렌의 겨드랑이에서 시선을 피하며 고개를 숙였는데 그게 티가 날까봐 와인을 벌컥벌컥 마셨다.

해가 지고 데이브의 부모님이 자리를 뜬 후에 유진과 데이브는 로렌에게서 와인 한 병을 받아 들고 2층 게스트 룸으로 올라갔다.

로렌과 줄리엣이 뷰가 가장 좋은 방이라고 데이브와 유진에게 내준 게스트 룸 베란다에서는 바다가 내려다보였다. 너무 파래서 때로 무섭게 느껴지는 태평양이 끝없이 펼쳐져 있었다.

베란다의 해먹에 앉아 파도 소리를 들으며 차가운 화이트 와인을 마시다가 유진은 문득 고개를 들어 밤하늘을 올려다보았다. 이렇게 많은 별을 본 적이 없었다. 검은 바탕에 글리터 물감을 엎지른 것처럼 하얀 별이 가득 들어차 있었다.

맑은 공기 탓에 취하지 않는다고 떠들며 유진과 데이브는 와인 한 병을 금세 비웠다. 데이브가 까치발로 1층에서 와인 한 병을 더 가지고 올라오자 유진은 "아주 고마워!"라고 소리 죽여 외치고는 킬킬댔다.

"너를 만나고 경험한 모든 것 중에 이 집이 제일 좋아."

술에 취한 유진이 비장하게 말했다. 데이브는 빨갛게 충혈된 눈을 하고서 웃음을 터뜨렸다.

유진의 말은 다음 날 로렌과 줄리엣에게 그대로 전해졌고, 둘은 데이브처럼 큰 소리로 웃었다. 그리고 로렌은 그 말을 잊지 않고 있다가 반년 후에 메일을 보냈다.

*

태즈메이니아 여행을 마치고 한국으로 다시 돌아와 반년쯤 지났을 무렵 로렌이 데이브에게 메일을 보내왔다. 직장을 옮기면서 섬 반대편으로 이사하게 되었다는 내용이었다.

로렌은 급하게 이사를 가게 되어 집을 팔고 가기는 어려울 것 같고, 렌트를 주려고 했는데 유진이 이 집을 무척 좋아하던 것이 기억났다고 했다.

혹시 태즈메이니아에 와서 살 생각이 있으면 집을 잠시 비워놓아도 상관없으니 얼마든지 와서 묵으라고 했다.

데이브가 로렌의 메일을 보여줬을 때 유진은 로렌과 줄리엣의 아름다운 집을 떠올렸다.

토끼가 오가는 푸른 정원, 당근이 가득한 바구니가 놓인 격자 나뭇바닥, 지붕으로 쏟아질 듯한 별, 파도 소리가 들리는 베란다.

기분 좋은 회상이 이어지는 가운데 태즈메이니아의 미술관이 불쑥 끼어들었다. 그 미술관에서 보았던 미술작품이 로렌과 줄리엣의 집에 걸려 있는 모습이 유진의 머릿속을 스쳤고, 유진은 거칠게 고개를 저었다.

*

태즈메이니아 여행의 마지막 날, 데이브의 가족들과 유진은 모나미술관으로 향하는 배에 올랐다. 미술관은 바다처럼 넓게 펼쳐진 더웬트강의 반대편에 있었는데, 건물 전체가 물그림자를 드리울 정도로 강에 인접해 있어서 마치 물 위에 떠 있는 것처럼 보였다.

태즈메이니아의 상징과도 같은 모나미술관은 도발적인 작품이 많아 세계적으로 유명했고, 유진도 익히 알고 있었다. 그래서 태즈메이니아에 간다고 했을 때 제일 먼저 모나미술관을 떠올렸었고, 마침 줄리엣이 표를 사놓았다는 말에 자기도 모르게 손뼉을 쳤다.

지하 3층까지 이어진 미술관의 어두운 암벽을 따라 걷다가 데이브와 유진은 어느새 가족들과 떨어지게 되었다. 둘은 줄리엣이 꼭 봐야 한다고 말했던 작품을 찾아 헤맸는데 결국 길을 잃었다는 사실을 인정해야 했다.

데이브와 유진은 미로 같은 미술관의 위아래를 오가다 '죽음'이라는 이름이 붙은 전시실에 들어서게 되었다. 전시실은 깜깜해서 벽을 볼 수 없었고, 끝없는 어둠 속에 조형물이 놓여 있는 것 같은 착각을 하게 했다.

깜깜한 물 위에 네모난 시멘트 징검다리가 ㄱ 자

로 놓여 있었다. 유진은 다리를 하나씩 밟아 두 개의 시멘트 관 앞에 섰다. 관은 아무 장식도 없는 직육면체였다. 하나의 관에는 환한 빛을 비추어놓은 미라가 누워 있었고, 다른 하나에는 같은 미라가 입체 영상으로 구현되어 엑스레이 사진처럼 뼈를 모두 드러내고 있었다.

오디오 설명을 들은 데이브가 2천 년 된 이집트의 미라라고 설명했다.

"근데 이게 왜 여기 있어?"

"죽음을 되살린다는 주제로 작업을 한 건데……."

"아니, 그게 아니라, 이건 작품이 아니라 유물이잖아. 이집트에 있어야 하는 거 아냐?"

데이브는 고개를 끄덕이면서 대영박물관에 안 가봤냐고 되묻고는 죽음 전시실을 빠져나갔다.

둘은 얼마간 미술관을 더 헤매다가 문신으로 뒤덮인 등을 내보이고 앉은 남자 조형물을 발견했다. 데이브가 오디오를 듣고는 팀이라는 이름의 남자라고, 그러니까 진짜 사람이 앉아 있는 거라고 말했다.

"그럼 행위 예술 같은 거야?"

유진이 팀에게 들리지 않도록 속삭였다.

"아니, 저 문신이 작품이래."

데이브의 설명은, 살아 있는 돼지 몸에 문신을 해서 유명해진 작가 빔 델보예가 사람의 등에 문신을 한 뒤 그것을 전시하는 중이라는 거였다. 팀은 살아 있는 캔버스가 되어 자신의 등에 있는 예술작품을 전시 중이고, 2011년부터 벌써 3500시간이 넘게 그곳에 앉아 있었다. 그 작품은 이미 독일의 미술품 수집가에게 팔렸고, 팀이 죽으면 등껍질을 벗긴 뒤 액자에 넣어 독일로 보낼 거라고 했다.

유진은 팀의 등껍질이, 자신이 보고 있는 그 사람의 등껍질이 독일의 아름다운 응접실에 걸려 있는 상상을 했다. 그러고는 황급히 발걸음을 돌려 미술관을 빠져나오려 했지만 미로에 갇힌 것처럼 같은 작품을 몇 번이고 다시 마주쳤다. 유진이 비명을 지르고 싶은 심정이 되어 데이브에게 어떻게 좀 해보라고 다그쳤을 때에야 둘은 출구를 찾을 수 있었다.

*

왜 로렌과 줄리엣의 아름다운 집에 팀의 등껍질이 걸려 있는 상상을 한 걸까? 유진은 끔찍한 상상을 떨쳐내기 위해 데이브의 의견을 물었다.

"난 좋아. 너는?"

데이브는 언제나처럼 밝고 명쾌하게 대답했다. 그러나 유진은 선뜻 대답이 나오지 않았다. 유진은 망설였다. 팀의 등껍질이 계속 머릿속을 떠돌고 있었다. 그러나 유진이 망설인 건 미술관의 팀 때문만은 아니었다.

태즈메이니아는 시드니에서 비행기로 두 시간 정도 걸리는 호주의 남쪽 섬이었다. 남극과 더 가까워서 추웠다. 여름에도 눈이 녹지 않는 산이 있었고, 바닷물도 1년 내내 찼다. 백인 인구 비율이 높아 아직도 인종차별이 존재한다는 말도 있었다. 유진은 데이브의 가족들과 여행하면서 그 말이 어느 정도 사실이라는 것을 확인했다.

유진의 이러한 걱정들에도 데이브는 유진을 계속해서 설득했다. 데이브는 유진이 이미 경험한 태즈메이니아의 자연환경과 데이브의 직업인 건축 프로젝트 매니저에 대한 높은 수요, 시드니의 절반도 안 되는 집값 등을 내세웠지만, 그 모든 것에 앞서 데이브의 한국 생활이 한계에 다다랐음을 유진은 알고 있었다.

당시 데이브는 처음에 계획했던 1년을 넘어 2년 가까이 한국에 머물고 있었다.

처음 1년은 좋았다. 어학당에 다니며 친구를 많이 사귀었고, 주말에도 친구들과 어울려 북한산이나 관악산, 그전까지 유진은 존재하는지도 몰랐던 산까지 찾아다녔다. 산에서 내려온 뒤에는 두부찌개와 김치전에 맥주를 마셨다. 파란 눈의 데이브가 유창한 한국어로 주문을 하면 서비스를 듬뿍 받았고, 데이브는 싹싹하게 감사 인사를 했다.

1년간 데이브에게 한국은 사랑이 넘치고, 음식이 맛있고, 술값이 싸고, 술에 취한 사람을 술집에서 쫓아내지도 않고, 술에 취한 사람이 서로 싸우지도 않는 안전하고 이상적인 나라였다.

지나치게 이상화된 한국에 대한 환상은 데이브가 한국어 과정 4급에서 유급하면서부터 금이 가기 시작했다. 데이브가 아무리 노력해도 20대 초반의 동아시아권 유학생을 따라갈 수 없었고, 4급을 두 번 유급하기에 이르렀다.

세 번 유급은 금지하고 있는 어학당에서 데이브는 결국 쫓겨났다. 어학연수 비자 연장이 어려워지자 데이브는 급하게 영어학원 일을 구해야 했고, 그 이후로 한국은 더 이상 사랑이 넘치는 곳이 아니었다.

데이브와 유진은 퇴근 후에 만나 한국 직장에서 벌어지는 어이없는 일들을 공유했다. 한국의 위계질서에는 문제가 많았고, 직장 내 고용 형태는 불합리했으며, 업무 시간은 제대로 지켜지지 않았다. 데이브만의 불만은 아니었다. 밤 열한 시가 다 되어 유진은 미술학원 부원장으로부터 문자를 받았는데, 학원 뒷골목에서 유진이 담배 피우는 것을 학부모가 봤으니 주의해달라는 내용이었다. 유진은 그것을 데이브에게 읽어주며 치를 떨었다.

로렌에게서 메일을 받고 얼마 지나지 않아 데이브는 원장과 싸웠고, 자신은 고용주에게 돈을 벌어다 주면서도 고용주의 비위를 맞춰야 하는 한국이 맞지 않는 것 같다는 결론을 내렸다.

"너만 그렇게 느끼는 거 아냐. 다들 그냥 그렇게 사는 거야."

"나는 받아들일 수 없어."

"안 그럼 잘리는데 방법이 없잖아. 먹고살아야 하는데."

"그렇게 안 살 수 있어."

그때 데이브가 의기양양하게 태즈메이니아 이야기를 다시 꺼냈다. 이번에는 유진도 반대하지 않았다. 그날도 미술학원 부원장은 유진에게 당장 다음 날 추가 근무를 요구했다. 태즈메이니아에 가서 가끔 인종차별을 당하는 게 한국에서 같은 인종에게 매일 착취당하는 것보다는 낫겠다는 생각이 들었다.

*

"호주든 어디든 결혼하고 가. 모든 일에는 순서가 있어."

유진의 엄마는 강경했다. 돌아올 날짜가 정해져 있지 않은 호주행에는 전혀 반대하지 않지만 결혼은 양보할 수 없다고 했다.

"결혼식 할 돈 없으면 엄마가 내줄게. 어차피 축의금 받으면 그 돈 다 메꿔진다. 아니, 축의금도 네가 다 가져가. 축의금 가지고 호주 가면 되겠네."

엄마는 작년에 유진의 사촌 언니가 결혼한 식장 사진을 보여주며 식사가 나쁘지 않고 교통편이 좋았다고 한 후에 인당 식사 비용은 물론이고 폐백 추가 비용까지 설명했다.

유진은 엄마의 말에 토를 달지 않고 듣기만 했다. 데이브가 결혼을 싫어하는 건 명백했다. 그러니 결혼 같은 거 할 일 없다고 엄마에게 말해야 했다. 돈 때문이 아니라고, 결혼 생각도 없는데 무슨 폐백이냐고 엄마의 말을 멈췄어야 했다. 그러나 유진은 엄마가 보여주는 사진을 밀어내지 않고 가만히 들여다보았다. 빛나는 샹들리에 조명 아래서 환하게 웃고 있는 사촌 언니는 너무나 예쁘고 행복해 보였다.

그날 저녁, 유진은 데이브에게 말을 꺼내보았다.

"엄마가 고집을 부리네. 한국 엄마들이 그래."

데이브는 잠시 생각을 하는 듯하더니 네 생각은 어떠냐고 물었다.

"뭐, 결혼을 꼭 해야 하는 건 아니지만 그렇다고 절대 하면 안 되는 것도 아니니까."

"필요가 없는데 왜 하지?"

"꼭 필요가 없다고 말하기는 어렵지."

"우리는 호주에 갈 거잖아. 호주에서는 필요 없어. 그런 불합리한 제도 없이도 같이 살 수 있고, 사회적으로 비난받지도 않고, 법적으로도 보호받을 수 있어."

데이브의 대답은 이미 예상한 것이었지만, 한국에서 2년 가까이 지내며 조금은 생각이 달라지지 않았을까 기대했던 유진은 부루퉁해졌다.

"그건 호주에서나 맞는 이야기지. 한국에서는 사회적으로든 법적으로든 결혼이 필요해."

"왜 호주에 가는데 한국 이야기를 해?"

그럼 우리 엄마는? 유진은 되묻고 싶었지만 그러지 않았다. 계속 한국에서 살아갈 우리 가족은? 한국에서 살아온 나는? 한국에서 살아와서 한국식으로밖에 생각할 수 없는 나는?

유진은 엄마에게 데이브의 말을 자신의 생각인 것처럼 전했다.

"호주에서는 결혼하지 않고도 부부랑 똑같이 인정받을 수 있고, 영주권도 받을 수 있어."

"그래도 한국에서는 그게 아냐."

"한국에서 안 살 건데 무슨 상관이야."

엄마는 더 말이 없었다. 유진은 자신의 말이 엄마를 아프게 했다는 것을 알았지만 어쩔 수 없었다.

"생각해봐, 사람들이 결혼을 왜 해? 같이 살려고 하는 거잖아. 엄마 말대로 한국에서는 결혼 안 하고 같이 살면 욕먹으니까. 근데 결혼 안 하고 같

이 살면서 욕 안 먹으면 안 하는 게 훨씬 이득 아
냐? 결혼으로 얻을 거는 다 얻고 귀찮은 의식이나
복잡한 신고 같은 건 안 하는 거지. 결혼식 그거 다
허례허식이야."

"그래도 그게 아냐. 사람 일은 어떻게 될지 몰
라."

엄마는 그 말을 반복했다.

그래도 그게 아니다. 한국에서는 그게 아니다.
너는 호주에 가도 한국 사람이다. 한국 사람한테
는 그게 아니다. 아무리 그래도 그게 아니다.

그날 엄마의 말은 유진의 머릿속에서 오랫동안
반복되었다.

*

태즈메이니아에 살기 시작하면서 유진이 가장
처음 느낀 건 무리 속에서 자신이 눈에 띈다는 거
였다. 유진은 자신이 시선을 받는 이유가 단순히
피부색 때문이라는 것을 금세 알아챘다. 그리고
바로 그 이유로 자신의 영어를 들으려고조차 하지

않는 백인들도 있다는 것을 알게 되었다.

유진은 영어가 유창했으나 한국 억양이 강했다. 그러나 데이브와 대화할 때는 물론이고 시드니에 2년간 살면서 억양을 고쳐야겠다는 생각을 해본 적이 없었다. 한국 사람이 한국 억양으로 이야기하는 것이 자연스럽다고 생각했다. 하지만 태즈메이니아에서는 자연스럽지 않은 모양이었다.

면접을 볼 때 유진이 인사를 건네자마자 거절하는 곳이 많았다. 대놓고 영어가 모국어인 사람을 찾는다는 곳도 있었다. 일을 하지 않으니 친구를 사귈 수도 없어서 유진은 종일 집에 있는 날이 잦았다.

그렇다고 유진이 태즈메이니아에서의 삶을 싫어한 건 아니었다. 면접에서 떨어져 우울하다가도 파도 소리를 들으며 화초를 가꾸고 이제 얼굴이 익숙해져서 이름을 붙여준 토끼를 먹이다 보면 기분이 좋아졌다.

데이브가 바다가 내려다보이는 2층 게스트 룸을 유진을 위한 작업실로 꾸며주어서 유진은 오후의 대부분을 그림을 그리며 보냈다. 이번에는 뭉개질 그림이 아니라 투명하고 세밀하게 내부를 드러내 보이는 사물을 그려볼 작정이었다. 맑은 색의 그림을 그리다 데이브가 퇴근해서 별을 보며 같이 와인을 마시면 더 바랄 것이 없다는 생각이 들었다.

그런 날들을 보내며 유진은 종종 시드니에 막 도착했을 때, 데이브를 만나기 전의 한 달을 떠올렸다.

시드니 한인 카페에서 일을 시작한 후로 유진은 매일같이 혼자 술집을 찾았다. 호기롭게 술을 주문해 마시다가도 낯선 도시에서 술에 취하는 것이 무서워 술기운이 오를 때쯤이면 서둘러 집으로 향하곤 했다.

네 명의 한국인 하우스메이트와 같이 쓰던 집은 언제나 정리가 안 된 상태였다. 여기저기 널브러진 쓰레기를 못 본 척하고 작은 방으로 들어가면 기분이 엉망이 되었고, 많은 밤 울음이 터져 나왔다.

벽을 공유한 하우스메이트에게 들릴까봐 이불을 뒤집어쓰고 흐느끼면서 유진은 자신이 왜 우는지 도무지 알 수 없었다. 바로 그 점이, 삶이 엉망진창이 되어버린 이유를 찾을 수 없다는 점이 유진을 절망에 빠뜨렸다.

그때의 유진은 바다가 내려다보이는 아름다운 집에서 자신을 향해 부드럽게 웃어 보이는 남자와 살게 될 미래를 그리지 않았다. 그와 자신의 사이에 흐르는 익숙하고 안정적인 공기에 대해서도 상상하지 않았다. 그러니까 이 모든 것은 선물처럼 주어진 행운이었다. 분명히 그랬다. 그런데도, 그렇게 더할 나위 없이 좋은 하루를 보내고도 침대에 누워 잠든 데이브를 바라보면 울고 싶어지는 이유를 알 수 없었다. 왜 다시 그때처럼 삶이 엉망진창이 되어버린 것 같은지 도무지 알 수 없었다.

*

태즈메이니아로 이주한 지 반년이 넘어서까지도 유진은 일을 구하지 못했다. 한국에서 미술학원 일을 하며 모은 돈이 바닥나고 있었다. 외식도 줄이고 옷이나 신발도 아예 사지 않은 지 한참 되

었다. 그러나 가장 큰 지출 항목은 줄일 수가 없었
다. 렌트비가 그랬다.

로렌과 줄리엣이 이 집을 유진과 데이브에게 내
주고 새로 얻은 집에서 렌트비를 내고 있었으므로
유진과 데이브 역시 렌트비를 내는 게 당연했다.
둘이 함께 사는 집에서 둘이 함께 렌트비를 부담
하는 것도, 데이브에게는 당연했다.

집값이 싼 태즈메이니아라고 해도 바다가 내려
다보이는 이층집의 렌트비는 만만치 않았다. 유진
은 하루하루 잔고를 확인했다. 이제 3주의 렌트비
를 내고 나면 끝이었다.

유진은 고민 끝에 엄마에게 돈을 부탁했다.

"일 구하면 바로 갚을게. 여기는 시급이 세거든.
금방 갚을 수 있어."

엄마는 데이브에게 무슨 문제가 있는 거냐고 물
었다.

"회사에서 잘린 거야?"

"그런 거 아냐. 계속 잘 다녀."

유진은 최대한 사무적인 말투로 데이브와 자신

이 재정을 분담하고 있다고 이야기했다.

"생활비는 문제가 없는데 집세가 조금 세. 일만 하면 별 부담이 안 될 텐데 지금 일을 구하기 전이라 그렇네."

"거기 데이브 동생네 집이라고 안 했어? 그리고 데이브 돈 엄청 많이 받는다며. 너는 일도 안 하는데 돈을 똑같이 내는 거야?"

유진은 서둘러 그들의 생활을 설명해 나갔다. 그러니까 유진과 데이브는 아주 공평하고 합리적으로 살고 있으며, 유진은 한 사람의 독립된 인격체로 더없이 존중받고 있다는 것.

"돈만 그러는 게 아니라 집안일도 그래. 엄마, 내가 호주까지 와서 남자 밥이나 해주고 살 수는 없잖아. 나는 요리에 취미도 없는데."

데이브는 자신이 입은 옷을 빨고, 자신이 먹을 음식을 만들고, 자신이 먹은 접시를 씻었다. 유진이 요리하겠다고 하면 고맙다고 했지만 그것도 매일 하게 두진 않았다. 같이 산 지 반년이 넘도록 단 한 번도 유진에게 저녁을 만들어달라고 부탁한다든지, 저녁 메뉴를 묻는다든지 하지 않았다.

"데이브가 퇴근하고 오면 하는 말은 둘 중 하나야. 내가 요리할게, 아니면 오늘 피곤하니까 나가서 사 먹자. 기본적으로 자기와 관련된 모든 집안일이 자기 일이라고 생각해. 나는 내가 일을 안 하니까 요리도 하고 설거지도 하려고 하는데 그러면 정색한다니까. 일 안 하는 나보다 집안일을 더 해."

엄마가 한숨을 쉬었다.

"그래서 결혼은 언제 하려고 그래?"

"왜 또 결혼 얘기야? 나 여기서 파트너 비자 신청했다고 말했잖아. 호주 정부에 데이브의 배우자로 등록되는 거야. 결혼한 거나 마찬가지라니까?"

"아니, 결혼한 거나 마찬가지인데 왜 결혼을 안 한다는 건지 도무지 이해가 안 된다, 엄마는."

"엄마, 몇 번을 말해. 여기는 결혼할 필요가 없다니까."

그건 데이브가 하던 말이었다. 유진은 끔찍한 기분에 사로잡혀서 다른 전화가 왔다고 둘러대고는 서둘러 끊었다.

유진의 엄마는 돈을 보내주면서 한국으로 돌아

오라고 했다. 유진은 금방 일을 구했다며 거짓말을 하고 엄마에게 돈을 돌려보냈다. 그런 뒤 이력서를 들고 집을 나섰다. 동네 상점과 카페, 술집을 돌았다. 대부분 이력서를 받아 들기는 했지만 지금은 사람을 구하지 않는다고 덧붙였다. 자리가 생기면 연락 주겠다고 했지만 유진은 기대해선 안 된다는 걸 알았다.

"혹시 다른 일도 괜찮아요?"

유진의 집에서 두 블록 정도 떨어진 곳의 술집 사장이 그렇게 물었다. 데이브와 두어 번 맥주를 마시러 들렀던 곳이기도 했다.

"지금 청소하는 사람이 필요하긴 한데……."

유진은 잠시 망설였다. 그러나 자신에게 다른 선택지가 없다는 걸 알았다.

*

청소 일은 어렵지 않았다. 남자 화장실 변기를 닦을 때는 구역질이 치밀어 올랐지만 그것도 잠깐이었다. 시급도 서빙 일보다 높았다. 아침에 두 시간만 하는데도 렌트비를 절반 내고 어느 정도 생활이 유지될 정도였다. 유진이 일을 시작하고 술집이 깨끗해졌다며 사장은 오래 일해달라고 했다.

유진이 일을 구하지 못하는 동안 같이 걱정했던 데이브는 기뻐했다. 로렌에게 전화를 걸어 좋은 소식이 있다며 유진이 청소 일을 구했다고 말하기까지 했다. 전화를 끊고 데이브는 밝은 얼굴로 로렌의 인사를 전했다.

토요일 오전이었다. 청소 일을 마치고 온 유진은 2층 베란다에서 바다를 등지고 앉아 있었다. 유진과 마주 앉은 데이브의 얼굴은 오전의 햇살을 가득 받아 환하게 빛났다. 유진은 자신의 얼굴이 역광 때문에 어둡게 그늘져 있을 거라는 걸 의식했다.

"로렌이 축하한다고 전해달래. 다음에 좋은 와인 가져오겠다고 축하 파티하자네."

"뭘 축하하는 거야?"

"태즈메이니아에 와서 첫 직장을 구했으니 축하해야지."

"나 이거 금방 그만둘 거야."

"왜?"

데이브의 질문은 언제나처럼 순수했고, 그 점이 유진을 화나게 했다.

"너는 내가 청소 일 하는 게 좋아?"

"그게 무슨 말이야?"

"네가 바다가 보이는 사무실에서 일하는 동안 내가 화장실 변기를 닦는 걸 축하한다는 거잖아."

"왜 말을 그렇게 해? 나는 그냥 네가 일을 구하기 힘들었던 걸 아니까 그렇지."

"나는 솔직히 네가 청소 일은 하지 말라고 할 줄 알았어."

"아, 유진. 내가 무슨 자격으로 네가 하는 일을 하지 말라고 해?"

"그럼 무슨 자격으로 내가 청소 일 한다고 여기저기 떠들어? 그게 자랑이야?"

"왜 아니야? 네가 그랬잖아. 호주는 직업에 귀천이 없어서 좋다고."

"그렇게 귀천이 없으면 너도 청소나 하든가. 여자 화장실 생리대 통 비워본 적 없지?"

"꼭 거기까지 가야겠어?"

"왜? 듣는 것조차 싫어? 나는 매일 하는 일인데?"

"그런 말이 아니잖아. 알겠어, 청소 일이 그렇게 싫으면 그만둬야지. 그렇게까지 스트레스 받는 줄 몰랐네. 나는 그냥 다시 일을 구하기 힘들 거라고 생각해서……."

"다시 일을 못 구하면 뭐, 렌트비 못 낼까봐?"

"그만하자."

"너는 그냥 날 책임지기 싫은 거잖아."

그 말만은 하지 않으려 했다. 그러나 한번 입 밖으로 나오자 멈출 수가 없었다.

"내가 너한테 피해 안 끼치고 내 렌트비만 꼬박꼬박 내면 되는 거 아냐? 그게 룸메이트지 무슨 연인이야? 내가 힘들어하는 게 너한테는 아무렇지도 않은 거니?"

데이브는 잠시 인상을 쓰고 유진 너머 어딘가를 바라보았다. 데이브의 얼굴엔 여전히 햇빛이 가득 들어 있었다. 그는 햇살이 뻗어오는 쪽, 태평양의 끝을 보고 있을지도 모른다. 유진이 청소 일을 시작한 후로 이 집이 소름 끼치게 싫어졌다는 사실을 말하면 데이브는 어떤 얼굴을 할까. 이렇게 아름다운 집에서 살면서 취객의 토사물을 대걸레로 닦는 일을 하는 것이, 그 간극이 자신을 나락으로 떨어뜨린다고 말한다면.

"네가 힘들 때 도와주지 않았다고 하는 거면 미안해. 내가 뭘 어떻게 도와야 할지 알 수 없었어. 나도 태즈메이니아에서 이렇게 일을 구하기 힘들 줄 몰랐고⋯⋯."

"도와주는 거 말고. 남들도 도와줘. 그런 거 말고."

유진은 소리를 지르고 있었다.

"그래, 나를 어떻게 도와줄 건데? 나한테 돈이라도 꿔줄래? 차용증이라도 쓸까? 언제까지 갚아야 하는데?"

"돈이 필요한 거야? 그럼⋯⋯."

유진은 비명이라도 지르고 싶은 심정이었다. 자신이 하는 말이 데굴데굴 굴러서 데이브 앞에 놓인 선 앞에서 멈췄다. 그들 사이에 놓인 진하고 명료한 선. 그들이 만나온 5년간 그 선은 점점 더 굵어져 이제 유진은 아무리 노력해도 그 선을 넘을 수가 없을 것 같았다. 아무리 손을 뻗어도 데이브에 닿을 수 없을 것 같았다.

너는 나를 그만큼 사랑하지 않는 거야. 그게 다야.

유진은 그렇게 말하지 않았다. 그저 몸을 돌려 1층으로 내려갔다. 유진의 등 뒤에서 데이브가 조금씩 더 멀어졌다.

*

유진이 그날 바로 청소 일을 그만뒀으므로 유진의 취직 축하 파티는 열리지 않았다. 대신 다른 파티가 열렸다. 로렌과 줄리엣의 결혼 축하 파티였다. 지난해 말, 동성결혼 합법화 법안이 통과된 직후에 혼인신고를 한 둘은 새로 이사 간 곳에서 어느 정도 자리를 잡았다며 백여 명을 초대해 결혼 파티를 하겠다고 했다.

"법적인 약속은 끝났고, 이제 사회적인 약속을 할 차례지."

파티에 초대하며 로렌은 그렇게 말했다.

약속.

유진은 그 단어를 오랫동안 곱씹었다. 자신이 바란 것이 그것이 아니었을까, 생각했다. 법적이지도 않고, 사회적일 필요도 없는, 아주 사적인 약속.

*

2018년 8월, 로렌과 줄리엣의 결혼 파티 당일 아침, 데이브는 운동하러 나갔는지 보이지 않았다. 유진은 데이브가 피워놓고 나간 벽난로 앞에 앉아 뒷마당을 보면서 차를 마셨다. 웃자란 잔디 위로 토끼들이 오가고, 오색앵무새가 나뭇가지를 흔들며 시끄럽게 울어댔다.

유진은 빈 찻잔에 뜨거운 물을 부으며 2층의 작업실에 덩그러니 놓여 있는 하얀 캔버스를 생각했다.

로렌과 줄리엣의 결혼 선물로 그림을 주려고 했었다. 유진은 둘의 집에 걸려 있는 그림들을 보고 취향을 파악했고, 꼭 마음에 들 만한 그림을 그려서 주리라 다짐했다. 직접 화방에 가서 캔버스와 물감을 사 왔고, 그날 바로 젯소를 칠했다. 로렌이 좋아하는 청록색으로 바탕을 깔고 줄리엣이 요즘 빠져 있는 인도 요가의 만트라를 그릴 생각이었다. 그러나 캔버스는 젯소만 바른 상태로 일주일이 넘도록 덩그러니 자리만 지키고 있었다.

유진은 그림을 완성하지 못할 거라는 것을 알았다. 아니, 시작도 하지 못할 거라는 것을 알았다.

그림을 그리려고 할 때마다 로렌과 줄리엣이 자신의 그림 앞에 서서 이런저런 말을 나누는 장면이 머릿속에 떠올랐다. '미술을 전공했다더니 조금 아마추어 같지 않아? 그래서 미술을 쉬고 있나?'와 같은, 그들이 할 리 없는 날카로운 말들부터 '이제 미술은 완전히 포기한 줄 알았는데 그건 아니라 다행이네. 이런 실력을 썩히기엔 너무 아깝잖아. 어디 소개해줄 곳 없어?'와 같은 그들이 할 법한 다정한 말들까지 떠올라 유진을 괴롭혔다. 캔버스 앞에 앉아 있으면 숨이 가빠올 정도로 마음이 부대껴서 결국 붓을 들지도 못하고 자리에서 일어났다.

유진은 찻잔을 내려놓고 미닫이 유리문을 열고

뒷마당으로 나갔다. 쭈그리고 앉아 나무 아래 숨은 토끼를 향해 손을 내밀었다. 유진의 손에 당근이 들려 있지 않아서인지 토끼는 가까이 오지 않았다.

바다에서 불어오는 차가운 겨울바람에 잔뜩 웅크리고 앉아 있던 유진은 데이브가 집 안으로 들어오는 기척을 느끼지 못했고, 등 뒤에서 미닫이 유리문이 열렸을 때 소스라치게 놀랐다.

데이브는 조깅을 하고 온 모양으로 머리카락이 젖어 있었고, 얼굴이 발갛게 달아올라 있었다.

"뉴스 봤어?"

데이브는 대뜸 그렇게 말했다. 유진이 호주 뉴스를 보지 않는다는 걸 알면서도 데이브는 늘 그렇게 물었다.

유진은 고개를 저으며 일어났다. 데이브를 지나쳐 거실로 들어가 벽난로 쪽으로 등을 대고 바닥에 앉았다.

"브리즈번 한인 살인사건 기억나?"

데이브가 물었지만 유진은 단번에 기억을 되살

리지 못했다. 그러나 얼마 지나지 않아 머리를 때리듯 피에 잠긴 채 공원 한복판에 죽어 있는 한국 여자의 이미지가 떠올랐다.

그때 유진은 시드니에 살았고, 유진의 엄마가 매일 전화를 해 당장 돌아오라고 했었다. 사건이 일어난 당시 유진은 자신과는 상관없는 일이라고 생각했다.

미친놈이 새벽에 공원에서 여자를 때려죽이는 일은 한국에서도, 세계 어디에서도 벌어질 수 있다. 호주에 있다고 해서 더 걱정할 필요도, 더 무서워할 이유도 없다. 유진은 엄마에게 그렇게 말했고, 그렇게 믿었다. 그래서 뉴스를 찾아보지도 않았고, 한국 친구들이 그 사건을 끌어올리면 다른 이야기로 화제를 돌리려고 했다.

그런데 왜 지금 이렇게 선명하게 그 장면이 떠오르는 걸까? 꼭 그 장면을 오랫동안 그려온 것처럼.

"2013년?"

데이브는 끄덕이면서 그 사건 선고공판이 있었다고 했다.

"그 사람 무기징역 받았대. 잘됐지?"

유진은 머릿속으로 햇수를 세보았다. 5년이었다.

"왜 5년이나 걸렸대?"

"조현병을 주장했나봐. 악마가 시켰다고 그래서 정신감정을 하느라 오래 걸렸대."

데이브가 읊어준 신문 기사에 따르면 공판정에서도 살인범은 악마가 검사를 공격하라고 시켰다고 외쳤고, 배심원들을 대상으로 소동을 일으켰다. 배심원들이 대피하면서 이를 갈았는지 만장일치로 유죄를 인정했다.

"근데 이 그림 좀 봐봐."

데이브는 기사에 실린 살인범의 프로필 스케치를 보여주었다. 살인범은 짧은 머리에 납작한 이마, 작은 코, 각진 턱을 하고 있었다.

"크리스 닮았지?"

데이브는 킥킥댔다. 스케치 속 살인범은 정말로 데이브의 친구 크리스를 닮아 있었다. 인종차별적인 농담을 아무렇지도 않게 하는 친구였다. 바로 지난주에도 데이브와 함께 크리스를 만났으므로 그가 살인범일 리 없지만 유진은 순간 온몸에 소름이 돋았다.

"크리스한테 보여줘야지."

데이브가 2층으로 올라가는 것을 잠시 바라보다 유진은 핸드폰을 들어 선고공판을 검색했다. 한국 뉴스에도 보도가 되었다. 기사에는 피해자의 어머니가 법원 앞에서 인터뷰한 내용이 있었다.

유진은 기사를 읽다 말고 엄마에게 전화를 걸었다. 선고공판에 대해 말할 생각은 없었다. 그저 문득 엄마에게 전화한 지 오래되었다는 생각이 들었을 뿐이었다.

"그냥 전화해봤어."

유진은 엄마가 하는 평소의 잔소리를 들으며 눈을 감았다. 벽난로에서 뿜어 나오는 열기가 등을 뜨겁게 데웠지만 얼굴에는 아직도 뒷마당의 찬 공기가 서려 있었다.

"응, 그래. 한국 들어가봐야지."

유진은 언제나처럼 엄마의 말에 건성으로 추임새를 넣는 척 말했지만, 사실은 정말 한국에 가야겠다고 생각하고 있었다.

"그냥 하는 말 아냐. 정말 표 알아볼게."

유진은 몸을 돌려서 벽난로를 마주 보고 앉았다. 얼굴에 훅 하고 뜨거운 열기가 끼쳤다.

"응, 나도 엄마가 해주는 밥 먹고 싶어. 여기 음식이 너무 입에 안 맞아."

유진은 얼굴과 가슴, 세운 무릎을 둘러싼 팔이 뜨겁게 달아오르는 것을 느꼈다. 엄마의 목소리가 아주 가까이에서 들렸다.

*

로렌과 줄리엣의 집 거실에 가득 찬 사람 중 데이브와 유진이 아는 사람은 없었다. 유진은 스무 명은 됨 직한 사람들을 빠르게 훑어보고 자신이 그 자리의 유일한 유색인이라는 것을 확인했다.

데이브와 유진은 로렌과 줄리엣을 찾아 주방으로 들어섰다. 주방에도 열 명이 넘는 사람들이 서 있었고, 이번에도 유진은 그들이 모두 백인이라는 것을 바로 알아챘다. 맥주병을 들고 시끄럽게 떠드는 사람들 사이를 비집고 복도를 지나 문이 활

짝 열려 있는 방에 들어가서야 로렌을 찾을 수 있
었다.

"데이브! 유진!"

빨간색 빈백에 앉아 있던 로렌이 데이브와 유진
을 보고는 벌떡 일어났다.

머리에 꽃 관을 쓰고 무지개색의 날염 무늬 티
셔츠를 입은 로렌은 양팔을 벌려 둘을 끌어안고는
방에 옹기종기 모여 앉은 사람들에게 소개했다.

남자들은 머리가 길었고, 여자들은 머리가 짧았
다. 유진은 허리까지 오는 레게머리를 한 남자와
삭발한 여자에게 손을 흔들어 보였다. 다들 통이
큰 소매를 펄럭거리며 손을 마주 흔들었다.

유진은 로렌에게 선물을 내밀었다. 전날 오후에
혼자 백화점에 가서 산 선물이었다. 오렌지 향초
였다. 데이브와 유진이 좋아하는 샌들우드 향초를
사고 싶었으나 찾을 수 없었다. 점원에게 물어봤
는데 점원은 유진의 영어를 못 알아들었는지 되물
으면서 인상을 썼다. 유진은 얼굴이 붉어지는 것
을 느끼고는 허둥지둥 바로 앞에 있던 오렌지 향
초를 집어 들고 계산했다.

로렌은 향초를 꺼내 보고 고맙다며 유진을 꼭 끌어안았다.

"줄리엣한테 인사했어?"

로렌이 데이브와 유진을 거실로 이끌었다.

줄리엣은 하얀색으로 탈색한 단발머리에 앞머리를 눈썹 위로 잘라서 완전히 다른 모습이었다. 목부터 무릎까지 몸에 착 붙는 검은색 벨벳 원피스를 입은 줄리엣을 차례로 안으며 데이브와 유진은 결혼 축하한다고 말했다.

"신혼여행은 어디로 가?"

"그것보다 더 급한 일이 있어서."

데이브의 질문에 로렌이 줄리엣에게 입을 맞추며 말했다.

"우리는 먼저 아기를 가질 거야."

로렌의 말에 유진은 자기도 모르게 헉 하고 숨을 내쉬었다.

"아기를 가진다고? 어떻게?"

유진은 자신의 질문이 무례할 수도 있겠다는 생각이 들었지만, 도저히 묻지 않을 수 없었다.

"나는 줄리엣의 가족한테서 정자를 받고, 줄리엣은 내 가족한테서 정자를 받을 거야. 그럼 아기가 우리 둘의 DNA를 가지고 있을 테니까."

"우리 가족 중에 누구?"

데이브가 물었다.

"오빠가 줄래? 아니면 아빠한테 물어보고."

"내가 줄게."

로렌과 데이브가 아무렇지 않게 주고받는 대화를 들으면서 유진은 잠시 데이브와 줄리엣이 섹스하는 장면을 상상했다.

"어떻게 주는 게 좋겠어?"

"우선 병원에 찾아가보려고."

이제 유진의 상상은 병원의 하얀 벽과 시험관으로 바뀌었다. 그러나 그 상상은 거기서 멈추지 않고 병원 앞 잔디밭에서 데이브와 줄리엣을 반씩 닮은 아이가 뛰어다니는 장면으로 바뀌었다. 이 상상은 현실이 될 거였다.

유진은 2층으로 올라가는 계단으로 데이브를 끌고 가서 따졌다. 계단의 벽에는 로렌과 줄리엣,

그리고 그들의 가족사진이 가득 붙어 있었다. 데이브의 사진도 여럿 있었고, 유진이 함께했던 태즈메이니아 여행 때의 사진도 있었다.

"정말 줄리엣한테 정자를 주겠다는 거야? 그럼 네 아이가 생기는 거잖아."

"내 아이가 아니지."

데이브가 인상을 썼다.

"혹시나 로렌이나 줄리엣 앞에서 그런 말 하지 않게 조심해. 그 아이는 어디까지나 로렌과 줄리엣의 아이야."

"네 정자가 만든 아이기도 하고."

"잘은 몰라도 친권포기각서 같은 거 쓸 거야. 로렌은 그런 데 정확한 애거든."

"내가 말하는 건 그게 아니잖아. 나는 네가……."

유진은 자신이 너무 구질구질해지는 것만 같아서 입술을 깨물었다. 이런 이야기까지 하게 만드는 데이브에 대한 증오가 일었다.

"너는 네 동생이 네 아이를 키우는 건 괜찮고, 나랑 아이를 가지고 싶지는 않고?"

"유진, 지금 그런 말을 하는 이유가 뭐야? 우리는 그 문제에 대해 충분히 이야기했잖아."

"내가 너한테서 통보를 받았지. 그래, 충분히."

"정말 아이를 가지고 싶은 거야? 그럼 우리는……."

"헤어지는 것 말고는 방법이 없다고 협박하려고? 그것도 충분히 들었어."

"협박이 아니야."

"그래, 진심이겠지."

"유진, 비꼬지 말고 말해봐. 정말 아이를 갖고 싶은 거야?"

유진은 데이브를 노려보았다.

"너는 나랑 헤어지는 게 그렇게 쉽니?"

"그게 왜 또 그쪽으로 가?"

"네가 하는 말이 그래. 내가 하는 말이 아니라고."

"쉬워서가 아니야. 나는 네가 나를 위해서 네가 정말 원하는 것을 포기하지 않았으면 좋겠어. 네가 정말 아이를 원한다면 너는 아이를 가져야 해. 그게 널 위해 맞는 거니까."

유진은 아랫입술을 자근자근 씹으며 튀어나오려는 말을 참았다.

　단 한 번도 유진은 데이브에게 결혼을 하고 싶다거나 아이를 가지고 싶다고 말하지 않았다. 데이브의 대답이 너무나 분명했기 때문이었다. 데이브는 여러 번 결혼도, 아이도 원하지 않는다고 말해왔다.

　유진, 네가 그걸 원하면 우리는 하루라도 빨리 정리하는 게 좋아. 서로의 시간을 낭비하지 않기 위해.

　데이브는 늘 그렇게 말해왔다.

　시간 낭비.

　유진은 어쩌면 시간 낭비를 해왔는지도 모르겠다고, 벽에 걸린 로렌과 줄리엣의 사진 액자를 물끄러미 바라보면서 생각했다. 결혼과 아이를 포기할 수 있다고 생각하던 시간이 있었다. 다른 것은 다 포기해도 데이브만은 포기하고 싶지 않다고 생각하던 시간이 있었다. 그게 모두 시간 낭비였는지도 모르겠다.

　"나는 네가 포기가 안 되는데 너는 나를 포기할

수 있구나."

유진은 결국 참았던 말을 내뱉고 말았다.

"세상에, 유진. 그런 말이 아니잖아."

"알아, 너는 중요한 것을 포기하는 관계는 옳지 않다고 말하고 싶겠지. 그래, 맞아. 그런데 아무것도 포기하지 않고 얻을 수 있는 게 있기는 하니?"

"나는 우리가 그래 왔다고 생각했는데."

그 말에 유진은 데이브를 빤히 바라보았다. 언제나처럼 확신에 찬 그의 얼굴. 조금도 흔들리지 않을, 절대 바뀌지 않을. 유진은 문득 데이브의 얼굴이 몹시 낯설게 느껴졌다.

"나 한국에 다녀올게. 호주 온 지 벌써 1년이라 엄마도 보고 싶고."

유진의 갑작스러운 말에 데이브는 가만히 유진을 바라보다가 천천히 말했다.

"그래, 나도 같이 가."

"아냐, 나 혼자 갈게."

둘은 서로의 얼굴을 바라보며 침묵했다.

*

　로렌이 경쾌한 목소리로 케이크를 자를 거라고
외쳤다.

　파란색 케이크를 든 로렌이 거실 한가운데 서
있었다. 여기저기 흩어졌던 사람들이 한데 모이는
바람에 거실에는 비집고 들어갈 자리가 없었다.
데이브와 유진은 주방 입구에서 까치발을 하고는
로렌과 그 옆에 선 줄리엣을 바라보았다.

　"우리 파티에 와줘서 고마워요."

　로렌의 인사에 누군가가 결혼 축하한다고 소리
치자 다들 따라서 결혼 축하한다고 외쳤다. 거실
가득 빼곡하게 선 사람들에게서 환호성과 박수가
터져 나왔다. 로렌과 줄리엣이 고맙다고 다시 인
사한 후에 케이크에 불을 붙이려는데 데이브가 손
을 번쩍 들었다.

　"스피치 시간 없나요?"

　로렌이 큰 소리로 웃으면서 짧게 하라고 했다.
로렌의 허락이 떨어지자 사람들이 일제히 데이브
를 향해 몸을 틀었고, 데이브는 바지 주머니에서

구겨진 종이를 꺼냈다.

"사랑하는 여동생, 로렌. 우리는 늘 너를 가장 사랑했지. 나보다 너를 사랑하는 부모님이 서운하기도 했지만, 나도 널 가장 사랑했으니까 어쩔 수 없었어. 너는 누구라도 사랑할 수밖에 없는 아이였으니까. 심지어 네가 나를 죽이겠다고 내 턱을 포크로 찍었을 때조차 너를 사랑할 수밖에 없었단다."

사람들에게서 웃음이 터져 나왔다. 데이브는 빙그레 웃으며 사람들이 잠잠해지기를 기다렸다가 다시 쪽지를 읽었다.

"이제 우리에게는 사랑하는 가족이 한 명 더 생겼어. 줄리엣, 오늘 밤 네가 내 턱을 포크로 찍어도 우리는 너를 사랑할 거야."

다시 한 번 웃음이 터졌다. 줄리엣은 데이브를 향해 포크를 흔들어 보였다.

"사랑하는 로렌, 그리고 사랑하는 줄리엣. 너희의 결정을 응원해. 우리는 너희가 앞으로 내리는 모든 결정을 응원할 거라는 걸 기억해. 우리는 언제나 너희를 사랑할 거란다."

데이브가 종이를 다시 구겨서 바지 주머니에 넣었다.

로렌은 눈물을 훔치며 맑게 웃었다. 줄리엣이 그녀의 아내, 로렌의 볼에 입을 맞췄다. 사람들이 다시 손뼉을 쳤다. 유진도 손뼉을 치면서 저 멀리에 서 있는 로렌과 이제 데이브의 가족이 된 줄리엣을 가만히 바라보았다.

방에서 마리화나 냄새가 풍겨 나오자 유진은 담배 생각이 간절해졌다. 데이브는 케이크를 먹고 나서 어디로 갔는지 보이지 않았다.

유진은 혼자 뒷마당으로 나갔다. 뒷마당에는 파란 플라스틱 덮개를 덮어놓은 수영장이 있었고, 그 앞에 놓인 하얀색 비치 의자 두 개에는 갈색 잎이 잔뜩 떨어져 있었다. 유진은 낙엽을 대충 털어내고 비치 의자에 걸터앉았다.

등 뒤에서 문이 열리는 소리가 들리고, 발걸음이 가까워졌다. 데이브일 거라 생각하고 돌아봤는데 모르는 얼굴이었다. 유진은 기계적으로 인사를 건넸다. 윤기가 도는 검은 생머리를 길게 늘어뜨린 여자는 유진 옆의 비치 의자에 앉았다. 의자 위의 낙엽이 버석거리는 소리를 냈다.

"담배 하나만 빌려줄래요?"

유진은 아무 말 없이 담배 한 개비를 건넸다.

"어느 나라 사람이에요?"

여자의 질문에 유진은 고개를 돌려 여자의 얼굴을 뜯어보았다. 진한 눈썹, 검고 긴 속눈썹, 매부리코. 여자는 중동계 사람처럼 보였는데 호주 억양이 강하게 배어 있는 영어를 사용했다.

"호주 사람은 아닌 것 같아서요. 호주 사람이라면 미안해요."

"아니에요, 한국 사람이에요."

"아, 중국 사람 아니구나."

유진은 미간을 찌푸리고 여자를 보았다. 여자는 파란색 덮개가 덮인 수영장을 바라보면서 말을 이었다.

"얼마 전에 정치인이 중국인한테 뇌물을 받아서 난리가 났었잖아요. 그래서 지금 중국이랑 무역 전쟁한다고 그러고. 그거 물어보려고 했는데."

유진은 여자의 말을 무시하고 담뱃불을 끄고 일

어섰다. 집 안으로 들어가려고 여자를 지나치는데 여자가 다시 말을 걸었다.

"잠깐만요, 나 한국도 궁금한 거 있어요. 이제 북한이랑은 전쟁 안 해요? 정상회담 했으니까 이제 미사일 쏘고 그러지 않아요?"

유진은 시드니에 있을 때부터 수도 없이 북한에 대한 질문을 받았다. 시드니에서 머물렀던 2014년은 북한 미사일로, 태즈메이니아에 머무는 2018년은 남북 정상회담으로 외신 뉴스가 시끄러웠다. 북한은 데이브의 친구를 만나는 자리에서 절대 빠지지 않는 주제였고, 길에서 마주친 데이브의 삼촌은 인사말을 건넨 후에 바로 북한의 정세를 묻기도 했다.

사람들은 유진의 가족이 전쟁에 처할 거라고 생각했고, 호기심 어린 얼굴로 갖가지 질문을 해댔다. 유진은 그때마다 한국은 항시 전쟁을 대비해 집마다 방공호가 있다고 농담을 하면서 주제를 돌리는 편이었는데, 이번에는 그러고 싶지 않았다.

유진은 잠시 심호흡을 하고는 여자를 향해 돌아섰다.

"글쎄요, 근데 그쪽은 어느 나라 사람이에요?"

"저는 호주 사람인데요."

"그럼 배경이 어떻게 돼요? 얼굴이 코카시안 같지는 않아서."

"부모님이 레바논에서 오셨어요."

"내전 때문에 오셨나 보다. 전쟁 난민이에요?"

여자는 아무 말 없이 유진의 얼굴을 빤히 보았다. 유진은 그 깊고 검은 눈을 똑바로 쏘아보면서 또박또박 말을 이었다.

"그래서 남의 나라 전쟁에 그렇게 관심이 많은가 봐요?"

유진은 여자의 대답을 기다리지 않고 몸을 돌려서 집 안으로 들어갔다. 그곳에서 인파에 둘러싸여 맥주병을 부딪치고 서로를 애정 어린 눈으로 바라보며 큰 소리로 웃고 있는 데이브와 로렌, 줄리엣을 바라보았다.

몸이 떨렸다. 유진은 손으로 양팔을 감싸 안았다. 여자가 한 말이 아니라 자신이 여자에게 뱉은 말이 머릿속에서 맴돌았다.

전쟁 난민이에요?

유진은 자신이 누군가에게 조롱하듯 그런 말을
뱉을 수 있는 사람이라고 생각해본 적이 없었다.
용서받지 못할 거라고 생각했고, 동시에 용서할
수 없다고 생각했다.

*

혼자 우버를 타고 집에 돌아온 후에야 유진은
데이브에게 문자를 보냈다. 피곤해서 먼저 왔으니
재미있게 놀다가 계획대로 자고 오라는 내용이었
다. 자신이 말하지 않아도 데이브는 그렇게 할 터
였지만, 유진은 마지막까지 최선을 다하는 마음으
로 다정하게 문자를 썼다.

유진은 바로 한국행 비행기 표를 찾아보았다.
이틀 뒤 시드니에서 출발하는 표가 있었다. 마감
이 임박한 세일 상품을 사는 것처럼 유진은 서둘
러 예매했다. 곧이어 다음 날 태즈메이니아에서
시드니로 가는 비행기 표를 예매했고, 시드니에서
하룻밤 묵을 공항 근처 호텔도 예약했다.

예약 확인 이메일을 확인하고서 유진은 겉옷을

벗고 그대로 2층으로 올라갔다. 옷방 구석에서 이민 가방을 꺼내 옷장의 옷을 하나씩 이민 가방에 담기 시작했다. 이민 가방을 방 밖으로 끌고 나가다가 작업실 앞에서 잠시 멈추었다.

작업실에는 수십 개의 캔버스가 있었다. 유진이 즐거운 마음으로 그렸던 것들이었다. 투명하고 맑은 그림들. 다시 그림을 그릴 수 있겠다는 희망을 가지게 했던 것들이었다. 그러나 유진은 작업실에 들어가는 대신 서재로 향했다.

한쪽 벽면을 차지하고 있는 책장에 유진의 책은 많지 않았다. 유진이 한국에서 가져온 책이 선반 하나를 채우고 있었고, 거기에 데이브의 어머니가 처음 만난 날 건넨 호주의 원주민 학살 역사를 담은 책자가 있었다. 그 책자는 시드니와 서울을 거쳐 다시 태즈메이니아로 온 거였다. 몇 번이고 읽으려고 꺼내 들었지만 끝내 읽지 않았고, 이번에도 한국에 가져가면 틀림없이 책장에 처박힌 채 다음 이사를 할 때에나 꺼내 보게 될 거였다.

유진은 잠시 책상에 걸터앉아 책자를 들춰 보았다. 목차에 태즈메이니아 장이 눈에 띄었다. 태즈메이니아 장에는 굵은 글씨로 '검은 전쟁'이라고 쓰여 있었다. 1820년대 중반부터 1832년까지 600명에서 900명에 달하는 원주민이 학살되었다는 내용이 제목 아래에 이어졌다. '트루가니니'라는 이름의 마지막 원주민이 1876년 죽음으로써 태즈메이니아의 원주민은 단 한 명도 남지 않게 되었다는 설명도 있었다.

유진은 사진으로 실린 트루가니니의 얼굴을 가만히 바라보았다. 그런 뒤 책자를 그대로 책장에 꽂았다.

마지막으로 침실 베드사이드 테이블에서 안대와 읽고 있던 책을 챙긴 유진은 이민 가방을 1층으로 내렸다. 부엌 찬장에서 커다란 비닐봉지를 여러 개 꺼낸 뒤 옷방과 책방, 침실, 작업실로 다시 올라가 자신의 물건을 담았다.

얼마 전에 산 옷이며 마음에 들었던 그림까지 모두 비닐봉지에 담으면서 잠시도 멈추지 않으려고, 물건을 들여다보며 생각에 빠지지 않으려고 노력했다. 하나씩 봉지가 찰 때마다 1층으로 내려가 앞마당의 쓰레기통에 던져 넣었다.

짐을 모두 싼 후에 유진은 2층 베란다에서 파도소리를 들으며 로렌과 줄리엣이 지난 유진의 생일에 선물한 태즈메이니아산 로제 와인을 마셨다. 하늘이 흐렸고, 별을 많이 볼 수 없었지만 아쉽지는 않았다.

날이 서서히 밝아오면서 새들이 일제히 울기 시작했다. 동이 트는 것을 보고서 유진은 침대에 들었다. 그리고 두 시간쯤 후에 일어나 이민 가방 위에 올려놓은 옷을 챙겨 입고 밖으로 나섰다.

유진은 모나미술관에 가려고 했다. 뒤돌아 앉아 있는 팀을 보고, 작별 인사를 건네고 싶었다. 그가 그 자리에 앉아 있는 것이 자신에게는 너무나 괴롭다는 말을 하고 싶었다. 그게 어떻게 괴롭지 않을 수 있느냐고 묻고 싶었다. 괴로운데도 그 자리를 지키고 있는 거라면 그러지 말라고 하고 싶었다. 싸우지 말라고, 도망치라고, 그리고 아무도 모르는 곳에 묻혀서 몸의 무엇도 빼앗기지 말라고 하고 싶었다. 그의 침묵을 대답으로 삼아 그에게서 돌아서고 싶었다. 이번에는 길을 잃지 않고 미술관을 빠져나와 배를 타고 서서히 그에게서 멀어지고 싶었다. 그가 있는 미술관으로부터 멀어져, 그도 미술관도 보이지 않을 때, 나는 아무것도 빼앗기지 않을 거라고 다짐하고 싶었다.

그러나 유진은 미술관에 가지 않았다. 대신 집 앞 버스 정류장에 오래 서 있었다. 미술관으로 향하는 버스를 몇 대 보낸 후에 다시 집으로 들어왔다.

*

집에는 데이브가 돌아와 있었다. 밤새 술을 마신 모양인지 눈이 빨갰고 얼굴이 까칠했다.

"짐을 왜 쌌어?"

데이브가 이민 가방을 가리키며 물었다.

"한국에 간다고 했잖아."

"언제 가는데? 왜 벌써 짐을 쌌어?"

"오늘 시드니로 가. 시드니에서 하루 묵고 내일 비행기야."

"농담하는 거지?"

"아냐, 비행기 표 예매했어."

데이브는 도무지 모르겠다는 표정으로 유진을

가만히 바라보았다.

"이렇게 갑자기 한국에 간다고?"

유진은 잠시 이민 가방을 만지면서 말을 골랐다. 그러다 고개를 들고 천천히 말했다.

"우리 헤어지자."

데이브가 아무 대답도 하지 않자 유진은 미소를 지으며 말을 이었다.

"이번에는 진짜야. 네가 바로 수긍해도 화내지 않을 거야."

데이브는 웃지 않았다. 다만 빨간 눈으로 유진을 계속 바라보았다.

"어제 파티에서 얘기한 것 때문에 그래? 내가 정말 헤어지자고 말한 게 아닌 거 알잖아."

데이브는 천천히 다가와 유진을 안았다. 데이브의 몸이 미세하게 떨리는 것이 느껴졌다.

"나는 이렇게 헤어지고 싶지 않아. 너를 잃고 싶지 않아."

"누구도 누구를 잃지 않아. 우리는 그냥 헤어질 뿐이야."

유진이 데이브를 살짝 밀어내며 말했다. 데이브

의 얼굴이 엉망으로 구겨졌다.

"그러지 말자."

데이브는 유진의 손을 두 손으로 잡고는 고개를
떨구었다.

"제발, 유진."

이제는 데이브의 몸이 눈에 보일 정도로 떨리고
있었다. 유진은 잠시 그가 추운가 걱정했지만 벽
난로로 향하는 대신 그의 손을 뿌리쳤다.

"우리에게는 우리뿐이잖아."

데이브는 딸꾹질하듯 울음을 삼키다가 다리에
힘이 빠진 것처럼 주저앉듯 무릎을 꿇고 앉았다.
그러고는 유진의 손에 얼굴을 묻고 울었다.

"너 답은 찾았어?"

유진의 말에 데이브는 아무런 대답도 하지 않았
다.

"정말 우리한테는 우리뿐인 거야? 그게 답이
야?"

데이브의 울음소리를 들으며 유진은 같이 울
지 않기 위해 이를 악물었다. 벌써 오랫동안 자신
이 이를 악물고 버텨왔다는 걸 알았지만 뭘 어떻

게 하면 좋을지 알 수 없었다. 데이브의 눈물이 손을 적시는 것을 느끼며, 유진은 유리문 밖에 펼쳐진 뒷마당을 보았다. 빼곡한 나무들 뒤로 펼쳐져 있는 바다를 보려 눈을 가늘게 떴지만 눈에 고인 눈물 때문에 풍경이 모두 뭉개져버렸다. 유진의 눈앞에는 회색과 녹색, 파란색이 어지럽게 뒤섞여 있을 뿐이었다.

소거되지도 승격되지도 않는

이소

　아주 조금이라도 피부에 화상을 입으면 늘 적당하게 여겼던 물의 온기가 통감이 되고, 더 깊이 진피까지 화상을 입으면 존재도 감지해본 적 없던 공기가 무시무시한 독성을 내뿜고 있다는 사실을 알게 된다. 물과 공기, 그중 어느 것 하나 변하지 않았지만, 내가 완벽에 가까웠던 방어벽을 잃는 순간 세계는 나에게 압도적으로 밀려오고 물과 공기는 알알이 식별 가능한 것이 된다. 같은 나라, 같은 지역, 같은 계층에 심지어 같은 전공과 취미를 가진 사람과 시도해봐도 차마 연애라는 것을 쉽다고는 말할 수 없을 텐데, 심지어 그 모든 것에서 공통점을 찾아볼 수 없는 사람과 내 나라와 남의 나라를 오가며 시도하는 연애란 흡사 피부를 조금씩 벗겨보는 행위와 비슷할지도 모른다. 그러니 당연하게도 서수진의 『유진과 데이브』를 정확히 해설하기 위해서는 이런 것들에 관해 말해야 한다. 국적과 인종을 달리하는 두 연인이 그려가는 사랑의 (불)가능성에 관해, 호주와 한국을 오가는 그들의 행로 사이사이에 자리한 역사적·정치적 갈등에 관해, 무지와 차이 속에서도 성립할 수 있지만 이해와 공감 속에서도 사그라들고야 마는 연애의 미묘한 역학에 관해.

그러나 나는 이 두 연인의 연대기보다 '그림을 그리는 사람'인 유진의 혼란과 절망과 희망에 대해 말하고 싶다. 내가 이 소설을 읽으며 가장 궁금했던 것은, 그녀가 왜 그렇게 공들여 형상을 그린 후 그것을 뭉개버리는 방식으로 작업을 했는지, 그러다 어떤 계기로 그림을 그리는 대신 호주로 떠나기를 결심했는지, 이제 다시 서울로 돌아온다면 새로운 그림을 그릴 수 있을지, 그때 그녀의 그림은 어떤 모습을 하고 있을지와 같은 것들이다.

그리고 잊지 말아야 할 것은, 유진에게 호주는 단지 데이브를 만났던 장소이기만 한 것이 아니라 애초 그녀가 '뭉개진' 그림을 포기하고 도망친 곳인 동시에 한동안 '투명하고 맑은' 그림을 그릴 수 있다는 희망을 품게 만들었던 장소이기도 하다는 사실. 나는 이런 유진의 이야기가 여전히 끝나지 않은 것 같다. 이제 그녀의 그림에 관해 이야기하고 싶다. 그녀를 호주까지 이끌었던, 어떤 '그리기'를 둘러싼 이야기.

*

소설에서 뭉개진 그림은 두 번 등장한다. 첫 번째는 호주에서 유진이 데이브의 가족을 만나러 가서 그곳에 걸린 그림을 유심히 바라보는 장면에서였고, 두 번째는 서울에서 데이브가 유진의 가족을 만나러 간 자리에서 과거 유진이 그렸던 그림을 감탄하며 바라보는 장면에서였다.

언뜻 보면 부드러운 색을 빠르게 칠한 인상주

의 그림 같지만, 자세히 보면 세밀하게 완성한 후에 뭉갠 그림이라는 것을 알 수 있었다. 유진이 미술을 전공하던 시절 몰두했던 작업과 비슷했다.

유진은 눈을 가늘게 뜨고 뭉개기 전의 그림을 찾아내려 했다.

해가 지는 시간, 바닷가의 집, 커다란 창문으로 들여다보이는 두 명의 사람. 거리를 두고 서 있는 그들의 표정을 살피려 유진은 눈을 더 가늘게 떴다. (21쪽)

데이브는 소파 위 벽에 걸린 캔버스를 가리켰다. 캔버스에는 유진의 전 연인이 뭉개진 모습으로 서 있었다.

유진은 그 그림을 오랜 시간에 걸쳐 공들여 그렸고, 완성한 후에 모두 뭉개버렸다. 그리고 그렇게 뭉개진 그의 모습이야말로 자신이 말하고 싶었던 거라는 확신이 들었다. 그러니까 그게 '본질'이었다.

그 이후로 유진은 같은 작업을 몇 년간 이어 나

갔다. 뭉개버릴 그림을 애써 그리는 시간과 애써 그린 그림을 다 뭉개버리는 시간이 고통스러웠지만. 보이지 않는 무언가와 싸우는 것처럼 계속했다. 그때는 그랬다. (97-98쪽)

구체적인 형상을 정성껏 그린 후 뭉개버리기. 우리가 유진의 작업을 머릿속에 그려보고자 할 때 가장 도움이 될 만한 작가는 게르하르트 리히터일 것이다. 저명한 미술 비평가 핼 포스터는 사진적인 정교한 이미지를 구현한 후 그것을 흐려버리는 리히터의 작업에 대해 외상 앞에서 충격을 받은 주체성을 드러내는 '외상적 리얼리즘traumatic realism'이라 분석한 바 있다. 이때 외상이 사적인지 공적인지는 중요하지 않고, 오히려 사적인 영역과 공적인 영역을 구별하기 어려운 혼란까지 포함한 채 '외상적 주체'는 그 훼손의 순간에 강박적으로 머무른다. 아마도 라캉이라면 이렇게 흐려지고 찢기고 뚫리는 방식의 외상적 이미지를 향해 '실재와의 조우'라고 불렀을 텐데, 그도 그럴 것이 상징계에 편입되지 않고 예기치 못한 틈새나 폭발의 방식으로 드러나는 '실재'란 잘 작동되던 삶의 한가운데 돌출된 '외상'과 딱히 다를 바 없기 때문이다. 정교한 상징적 질서 속에 적절한 위치를 잡아 살아가는 우리에게 균열과 파열의 방식으로 등장하는 실재는 결코 유쾌하지 않다.

소설은 유진을 사로잡은 외상적 충격이 무엇인지 정확히 설명하지 않는다. 그러나 유년시절의 상처든 사회적·역사적 불안과 파국이든 그것을 외상의 차원에서 호소하는 것이 '공인된 형식'의 지위에 이르게 된 지금 우리 시대에, 유진이 지닌 외상의 실체가 무엇인지는 그다지 중요하지 않을 것이다. 다만, 전쟁에 관한 이야기를 나누다 '고통의 기억'을 강조하는 데이브를 향해 '기억의 고통'을 호소하는 유진의 모습을 보면, '기억'을 역사로 의미화하여 다시 상징계에 편입시키려는 데이브와 달리 유진은 '고통' 자체에 집중하여 그것을 상징계로 복구시키길 거부한다는 것을 짐작할 수 있다. 이렇게 '과거'를 '외상'의 차원으로 인식하는 것은 외상적 경험의 순간을 시각화하는 작업 스타일과 무관하지 않을 것이다. 그녀는 '외상적 주체'

로서 강박적 반복을 수행하고 있었던 것이다.

그런데 흥미로운 점은, 어느 순간 그녀가 이와 같은 작업을 지속하지 못한다는 점에 있다. 소설은 그녀가 미술을 그만둔 이유 역시 밝히고 있지 않은데, 그것은 특별한 이유가 없기 때문일지도 모른다. 그녀는 미술을 그만두고 도망치듯 도착한 시드니에서 "자신이 왜 우는지 도무지 알 수 없"었고, "삶이 엉망진창이 되어버린 이유를 찾을 수 없다는 점"(146쪽)에서 절망에 빠진다. 그리고 이와 같은 모습은 지금 우리가 직면한 상황과 유사해 보인다. 언제부턴가 우리는 삶의 '본질'을 외상에서 찾고, 그것으로 자신의 주체성을 수립하고자 한다. 그러나 지금 우리의 세계에 외상이라는 말이 포화상태에 이르러 그 의미의 경계가 지워진 지 오래일지라도, 본래 외상이란 반드시 '말할 수 없음'을 포함하는 것이고, 만약 그것이 발화되고 사유되고 재현되기 시작하면 더 이상 외상이라 불릴 필요가 없다. 우리가 삶에서 크고 작은 상처와 좌절을 경험하는 것은 너무도 당연한 일이고 삶은 그것들을 곱씹고 소화하고 때로는 뱉어내며 이어

지는 것이니, 실은 '외상'도 존재할 수 있고 '주체'
도 존재할 수 있지만 엄밀한 의미에서 '외상적 주
체'란 존재할 수 없는 법이다. 나를 부수는 방식으
로 증명할 수 있는 나는 없다. 외상적 주체란 애초
형용모순이고, 아마도 이 막다른 길에서 유진의
그림은 중단되었을 것이다.

*

　물론 그녀가 더 이상 '그림을 그리지 않는다'는
말과 더 이상 '아무것도 그리지 않는다'는 말이 같
은 말은 아니다. 그녀는 낯선 곳에서 전혀 다른 방
식으로 '지형도'를 그리기 시작한다. 처음 호주에
서 유진은 젠더를 기준으로 지형도를 그린다. 그
녀가 데이브의 가족을 만나는 자리에 정성껏 김
밥을 싸가고 얌체처럼 보이지 않기 위해 설거지
를 하고 신축성 없는 원피스를 입기 위해 점심까
지 거른 것은, 그녀의 정체성이 남자 친구의 본가
를 처음 방문하는 '여성'의 정체성이었기 때문이
다. 물론 이것은 지극히 한국적인 기준에서의 여

성상이지만, 여하튼 그녀는 자신을 한국 '여성'으로 인식한다. 이렇게 '한국'과 '여성' 중 후자에 기울어진 그녀의 무게 중심은 '브리즈번 한인 살인사건'을 대하는 태도로도 짐작할 수 있다. 호주에서 만난 사람들부터 한국에 있는 엄마와 친구들까지, 사람들은 그녀 앞에서 '한인' 살인사건을 말하지만, 정작 그녀는 그런 일은 '여성'에게라면 언제 어디서나 일어나는 일이라고 일축하며 다른 사람들 역시 그 사건을 '한인'이나 '유색인'이 아닌 '여성' 살인사건으로 인식하길 바란다.

리베카 솔닛은 성차별보다 인종차별이 사회적으로 인식되거나 이슈화되기 쉬운 이유에 대해 이렇게 설명한다. "인종의 지형과 젠더의 지형은 다르다. 한 인종 그룹이 한 지역을 독점하는 것은 가능한 반면에 젠더는 모든 지역에서 그때그때 다른 방식으로 구획되기 때문이다."* 그런데 정확히 같은 이유로 반대의 이야기도 가능하다. 주류 집단과 인종을 달리하는 여성이 자신의 정체성을 '소

* 리베카 솔닛, 『걷기의 인문학』, 김정아 옮김, 반비, 2021, 390쪽.

수자'로 인식하길 원치 않는다면, 그녀가 자신이 겪고 있는 어려움에 대해 인종이 아닌 젠더로 설명할 때 주류 집단의 '우리'에 녹아들기 훨씬 쉬워질 것이다. 솔닛의 말처럼 다인종 사회에서 젠더의 지형학으로 정치적 구심점을 만들기는 인종의 지형학보다 어렵지만, 역설적으로 바로 그렇기에 젠더를 둘러싼 이야기는 '보편'에 가까워질 수 있는 셈이다. 비록 둘 다 '피해자'의 입장에서 그리는 지형학이지만, 뚜렷한 밀도차를 보이는 인종의 지형도보다 어디나 퍼져 있는 여성의 지형도에서 자신의 자리를 확보하고 싶은 유진의 마음이 이해하기 어려운 바는 아니다.

이렇게 '외상적 주체'는 잘 그려진 지형도 내에서 주체의 자리를 수립할 수 있다. 자신의 외상을 정치적이고 참여적인 영역에서 찾고자 한다면, 거기에는 여성, 성소수자, 유색인, 아시안 등 다양한 이름을 붙일 수 있고, 나아가 정체성 정치와도 쉽게 연결할 수 있다. 외상적 주체가 자신의 외상을 완전히 사회적인 것으로 인식하게 되면, 외상이라는 말이 이미 담보하듯 그것은 '피해자 정체성'과

무관하지 않은 방식으로 대중의 공감이 보장되는 존엄한 주체성을 획득하게 된다. "외상 담론에서 주체는 소거되는 동시에 승격된다"[**]는 말이 바로 이를 가리키는 말이다. 앞서 말한 것처럼 엄밀한 의미에서 외상적 주체란 형용모순이자 재현 불가능한 것이다. 그러나 사회적이고 대중적인 영역에서 외상적 주체란 누구도 폄훼하거나 부정할 수 없는 '상처'를 지닌 주체가 될 수 있다. 그러므로 외상적 주체는 자기도 모르게 필사적으로 지형도를 그린다. 그러나 이 역시 만만치 않다. 사회는 복잡한 방식으로 빠르게 변화하고 이에 기반한 지형학 역시 그만큼 끊임없이 유동적인데, 이 다차원적인 역장에서 피해자의 존엄한 정체성을 유지하기 위해서는 그에 맞춰 지형도를 부단히 수정해야 하기 때문이다.

예컨대 데이브는 유진에게 여성이라는 이유로 어떠한 희생도 강요하지 않는다. 물론 그렇다고

[**] 헬 포스터, 『실재의 귀환』, 이영욱 · 조주연 · 최연희 옮김, 경성대학교출판부, 2010, 265쪽.

해서 유진이 데이브에게 완벽히 만족했다는 말은 아니다. 한국으로 돌아간 유진을 찾아 데이브는 서울로 오는데, 이때 유진은 '한국 남성'처럼 굴지 않는 대신 '한국 남성'이 기꺼이 해줬던 일들도 해 주지 않는 데이브가 야속하기도 하고 불편하기도 하다. 그러나 여하튼 둘의 관계에서 더 이상 젠더 의 지형도는 중요한 기능을 수행하지 못한다. 다 시 유진이 그와 함께 살기 위해 기꺼이 호주로 향 할 수 있었던 것은 바로 이 때문일 것이다. 그러니 이제 그곳에서의 삶이 행복했다면 좋으련만, 불행 히도 우리의 삶은 일종의 증상과도 같아서 자신을 유지하며 살아가기 위해 반드시 필요한 것이 행복 인 경우보다 오히려 상처인 경우가 드물지 않다. 더구나 외상을 통해 수립된 주체라면 더욱더 외 상의 존재는 필수적이다. 마치 형상을 그리고 뭉 개기를 반복했던 것처럼, 유진은 지형도를 갱신한 다. 그녀의 지형도에 국적과 인종의 지형학이 뚜 렷이 새겨지자, 이제 그녀가 겪는 문제의 대부분 은 이방인을 향한 호주 사람들의 적대나 몰이해로 인식된다. 그녀가 이곳 사람들과 '우리'로 묶이고

자 했을 때 젠더의 지형도를 그렸던 것처럼, 그녀가 더 이상 이곳 사람들과 '우리'로 묶이고 싶지 않을 때 인종의 지형도가 그려지고 이 과정에서 '브리즈번 한인 살인사건'은 새삼 섬뜩하게 느껴진다. '외상 담론에서 주체는 소거되는 동시에 승격된다'는 말은 옳다. 주체는 소거되지 않기 위해 승격되어야 하고, 이 과정은 끊임없이 반복된다.

*

호주의 아름다운 섬 태즈메이니아에 데이브와 함께 정착한 그녀는 "이번에는 뭉개질 그림이 아니라 투명하고 세밀하게 내부를 드러내 보이는 사물"(144-145쪽)을 그릴 수 있겠다고, 뭉개짐으로부터 그 직전의 완전한 상태를 지켜낼 수 있겠다고 희망을 품는다. 뭉개지기 전 온전한 상태가 있다고 믿은 것이다. 그렇다면 과거에 그녀가 뭉개짐을 '본질'이라 여겼던 것은, 온전한 것에 대한 훼손으로서의 외상이자 '투명하고 세밀한 내부'를 향한 인식론적 좌절을 '본질'로 여겼다는 말과 같은 의미일 것이다. 그래서 오래전 데이브의 집에 갔던 어느 날, 그녀는 그곳에 걸려 있던 뭉개진 그림에서 온전한 형상을 식별해내기 위해 그렇게도 유심히 바라봤던 것이다. 그러나 소설의 결말, 그녀가 보게 된 풍경은 어떤 것이었던가. 그녀의 눈에 비친 풍경은 처음부터 모두 뭉개져버린 풍경, 아무리 눈을 가늘게 떠봐도 "회색과 녹색, 파란색이 어지럽게 뒤섞여 있을 뿐"(183쪽)인 풍경이었다.

나는 결코, 결국 이렇게 뭉개져버릴 것들이었다고, 돌고 돌아 환상에서 벗어나 제자리로 돌아가는 것뿐이라고 말하려는 게 아니다. 오히려 반대로, 이제 그녀의 그림이 시작되었다고 믿는 쪽에 가깝다. 데이브와 헤어지던 날, 마지막 장면에서 그녀의 눈에 비친 뭉개짐은 한때 그녀가 '본질'이라고 여겼던 뭉개짐과도 다르고, 또 한때 그녀가 건져 올릴 수 있다고 믿었던 식별 가능한 투명함과도 무관할 것이다. 나는 이제 그녀가 외상적 주체에서 벗어나 다른 방식으로 삶을 꾸려가길 바란다. 그것이 어떤 삶인지는 모르겠다. 소설이 끝나고 난 뒤 그녀가 앞으로 어떤 그림을 그릴지도 영원히 알 수 없다. 다만 이런 이야기를 붙여보려 한다.

2019년 인류는 드디어 블랙홀의 이미지를 얻는 데 성공한다. 물론 블랙홀이 우주 곳곳에 존재한다는 것은 오래전부터 알려진 사실이었지만, 빛조차 탈출하지 못하는 블랙홀을 관측할 방법은 어디에도 없었다. 막대한 질량과 중력으로 주변 시공을 휘게 만드는 블랙홀은 우주의 물리법칙이 함몰된 곳이었고, 그 '사건의 지평선'을 넘어 우리에게 돌아올 수 있는 정보는 없었다. 그렇다면 어떻게 그 블랙홀을 촬영할 수 있었단 말인가. 실은 정확히 말해서 우리의 망원경이 관측해낸 것은 블랙홀이 아니라 블랙홀 주변을 회전하는 빛과 그 빛 너머 드러난 블랙홀의 그림자였다. 이 사진을 두고 한 천문학자는 이렇게 설명한다. "엄밀히 말하자면 블랙홀을 봤다기보다, 블랙홀이 보이지 않는다는 것을 본 것입니다." 때로 과학의 언어는 이처럼 놀랍도록 문학적이다. 그리고 어쩌면 유진이 마지막에 보았던 뭉개진 풍경이 이런 것은 아닌지 생각해본다.

여전히 우리 눈으로 블랙홀을 볼 방법은 없다. 그러나 그렇다고 해서 '보이지 않음'을 블랙홀의 '본질'이라고 말해서도 곤란하다. 그저 우리 눈에 보이지 않고 우리가 볼 수 없을 뿐이다. 우리가 보는 것은 사건의 지평선으로부터 조금 떨어진 곳에서 일어나는 현상들이다. 우리는 블랙홀 주변의 왜곡된 현상을 통해 블랙홀의 존재를 알았고, 블랙홀의 그림자와 그 주변에 회전하는 빛을 보았으며, 앞으로는 이와 같은 방식으로 그 근처에서 일어나는 일들을 조금씩 알아갈 것이다. 물론 이 중 그 무엇도 블랙홀의 '본질'은 아니다. 그리고 바로 이 점이 우주에서든 현실에서든, 사회의 지형학에서든 한 사람의 마음에서든, 우리가 '본질'에 접근하기 어려운 이유이자 '본질'의 무용함일 것이다. 그리하여 세 문장이 동시에 성립한다. 블랙홀은 볼 수 없다, 블랙홀은 존재한다, 우리는 블랙홀의 '볼 수 없음'과 그 주변을 보았다. 유진이 앞으로 그려낼 것이 이와 닮아 있을 것이다. 우리의 삶을 관통하는 것이지만 그 주변의 부단한 움직임 외에 그 어떤 것도 파악할 수 없는 것, 그러나 보는 것을 멈추지 않는다면 결코 우리 눈앞에서 사라져버리지는 않는 것, 그런 어떠한 것.

작가의 말

나는 호주인과 결혼했다. 이 책을 나와 남편의
연애 이야기로 읽을 독자들을 위해 몇 가지 항변
을 적어둔다.

1. 내 남편은 내 눈에는 잘생겼지만 객관적으로
데이브처럼 수려하지 않다.

2. 나는 유진보다 성격이 더 지랄 맞다. 남편은
한동안 나를 앵그리 코리안이라고 불렀다.

3. 우리는 우산을 던지며 싸운 적은 있지만 밀치
며 싸운 적은 없다.

4. 우리는 재정 분담을 한 적이 없다. 둘 다 돈 개

넘이 전혀 없다.

　5. 나의 엄마는 게장을 만들 줄 모른다.

　6. 남편에게는 여동생이 없다. 형이 있는데 게이
는 아니다.

　그럼에도 불구하고 이 소설은 사랑하는 남편, 패
트에게 바쳐져야 한다. 그가 나를, 내가 그를 사랑
했던 시간이 이 소설을 낳았다는 것은 부정할 수
가 없다.

　고마워, 자기야.
　앵그리 코리안이랑 같이 살아줘서.

2022년 봄
수진

유진과 데이브

지은이 서수진
펴낸이 김영정

초판 1쇄 펴낸날 2022년 4월 25일
초판 2쇄 펴낸날 2022년 9월 20일

펴낸곳 (주)현대문학
등록번호 제1-452호
주소 06532 서울시 서초구 신반포로 321(잠원동, 미래엔)
전화 02-2017-0280
팩스 02-516-5433
홈페이지 www.hdmh.co.kr

ISBN 979-11-6790-104-0 04810
      978-89-7275-889-1 (세트)

* 책값은 뒤표지에 있습니다.

현대문학 핀 시리즈 소설선 ———